河出文庫

最高の盗難

音楽ミステリー集

深水黎一郎

河出書房新社

目次

ストラディヴァリウスを上手に盗む方法　7

ワグネリアン三部作

一　或るワグネリアンの恋　110

二　或るワグネリエンヌの蹉《さ》跌《てつ》　138

三　或るワグネリアンの栄光　170

レゾナンス　197

初出・解題　270

解説　或るミステリー作家の通い路　松平あかね　274

解説　知られざる逸品に出会えた幸運　廣澤吉泰　278

最高の盗難　音楽ミステリー集

ストラディヴァリウスを上手に盗む方法

1

警視庁捜査一課強行犯捜査第一〇係の主任である海埜《うんの》警部補は、その夜自宅で、いつものように瞬一郎《しゅんいちろう》と二人で呑んでいた。

この男は神泉寺《しんせんじ》家に嫁《とつ》いだ海埜の妹未知子《みちこ》の忘れ形見で、海埜にとっては唯一の甥《おい》に当たる。二人ともいける口なので、時々世界の珍しい酒を一緒に試したりもするのだが、今日は基本に戻って、海埜秘蔵のシングルモルトのスコッチ・ウイスキーをオンザロックで玩味《がんみ》していた。

するとたまたま点《つ》けていたテレビに、臨時ニュースのテロップが流れた。

エリザベート王妃国際音楽コンクール　ヴァイオリン部門で、
日本の武藤《むとう》麻巳子《まみこ》さん（21）が優勝

瞬一郎は背中をぴくりと動かすと、

「ああ、麻巳子ちゃん優勝したんだ。さっすが」

そう言って、まるで画面と乾杯するかのように、片手に持っていたグラスをちょっと持ち上げると、そのまま口に運んでぐいと空《あ》けた。

「何だお前、知り合いなのか」

「知り合いと言うか、同じ先生に師事していました」

「同門ということか？」

「日本風に言えば、そういうことになるんですかね」

さっきよりも、ほんの少しだけ赫《あか》い顔になった気がするが、それは酔いのせいなのか、それとも知り合いの名前を臨時ニュースで見ての興奮か。

神泉寺家は我が国を代表する芸術一家として、日本画家や作曲家、作家に舞台演出家、デザイナーなどを綿々と輩出して来たことで知られている。声楽家を目指していた未知子は、留学先のパリで若き洋画家の卵と出会って恋に落ち、そのまま結婚したのだが、それがこの男の父親の神泉寺瞬介《しゅんすけ》だった。その未知子は帰国して瞬一郎を産んだあと、まだ三〇代の若さでこの世を去ってしまったのだが、瞬介はその喪《も》が明けるとすぐに、自分の絵のモデルだった一回り以上若い女性と再婚し、父子の関係は悪化した。もちろんそれ以前から瞬一郎は、母方の伯父である海埜を慕ってくれてはいたが、特にそれ以降は、ほとんど父親代わりと見做《みな》しているようなフシもある。

芸術一家の末裔《まつえい》としての血のなせる業《わざ》か、この男は小さい頃からさまざまな芸術的才能を発揮したが、未知子が習わせたヴァイオリンもその中に入っていた。そもそも小さい頃に特別な音楽教育を受けたわけではない未知子が声楽家を目指したのは、声楽が音楽の中で〈最も遅く始めても挽回《ばんかい》がきく分野〉だからであり、自分に子供ができたら絶対に英才教育を授けてあげたいと、夙《つと》に漏らしていたのだ。その期待違《たが》わず瞬一郎は、何度もコンクールのジュニア部門で優勝し、海埜をはじめ周囲の大人たちの多くが、そのままプロのヴァイオリニストになるのだろうと思っていたわけだが、音大付属高校の特待生の誘いを断って普通の高校へと進んだかと思うと、結局日本の大学は受験すらせず、そのまま高校卒業と同時に海外に渡って六年間もボウフラのように彷徨し、その結果として現在の為体《ていたらく》――本人の弁によれば世界を股にかけたフリーター――に至っているのである。子供のいない海埜としては可愛くない筈《はず》はないのだが、その分心配させられっ放しでもある。

「何という先生？」

「オットー先生です」

「ああ……」

合点した。その名前はこの男の話の中に、過去何度か登場したことがある。たとえばどこぞの音楽祭を聴きに行ったところ、オーケストラの団員に季節外れのインフルエンザが蔓延して奏者が足りなくなり、コンサートマスターを務めていたその先生の命令で、そのまま臨時で音楽祭のオーケストラ・ピットの中に入らされた時のことなんかを聞いた憶えがある。まあ師事と言ってもどうせこいつのことだから、フラフラしている合間にタマに顔を出していた程度なのだろうが——。

「教え子が優勝するくらいだから、きっといい先生なんだろうな」

海埜のその言葉は、表面上はその先生を讃えながら、同じ先生に師事しながら片や国際音楽コンクール優勝、片やいまだにフリーターかよという皮肉が込められていたのだが、本人はそれに気付いているのかいないのか、どこ吹く風で答える。

「厳しい先生ですよ。1にスケール2にスケール！ 3、4がなくて5にスケール！ ハイフェッツはドントの24のエチュードだけを、パールマンはセヴシックのスケール集だけを、蜿蜒《えんえん》と練習していた！ 二人ともそれ一冊しかやらなかったが、その代わりそれを何千回と繰り返していた！ 1にスケール2にスケール！ 3、4がなくて5にスケール！」

「はあ」

どうやらその先生の口真似らしいのだが、本物を知らない海埜には、似ているのかどうかの判断はもちろんつかない。

その日はそのまま四方山話《よもやまばなし》をして寝てしまったのだが、その数週間後に再び現れた時には、瞬一郎は演奏会のチケットを二枚持っていた。

「この前一緒に呑んでる時に臨時ニュースで見た武藤麻巳子さんが、凱旋《がいせん》コンサートのチケットを送って来てくれましたよ。話の流れからして、いちおう伯父さんを誘うべきかと」

「いちおうは余計だろ」

ぶっきら棒に答えたが、誘ってもらって気分が悪かろう筈はない。いい年頃の若い男が、ペアチケットで伯父なんかを誘って良いのだろうかとは思うが――。

「いつなんだ？」

「来週の水曜日です」

「来週？　ずいぶん急だな。コンクールで優勝して、まだ一ヶ月も経ってないだろう？」

「在京のニュージャパン・シンフォニーオーケストラの定期演奏会に、ソリストとして急遽出演することになったんですよ」

「オーケストラの定期演奏会に？　ふうーん」

「首都圏の主要な会場は、予約でもう一年先まで全部埋まっていますからね。一口に凱旋コンサートと言っても、簡単には開けないんですよ。だから今回は元々演奏会の日程が組まれていたニュージャパン・シンフォニーオーケストラが、定期の曲目を変更して、彼女の凱旋コンサートをセッティングしたという形ですね。ソロのリサイタルは、また改めてじっくりとやるんでしょう」

「それって、オーケストラ側にメリットはあるのか？」

「大ありですよ。在京オーケストラは何年も前から飽和状態で、残念ながら定期演奏会はどこもなかなか満員にはなりません。その定期が俄然《がぜん》注目の演奏会になってチケットは売り出しわずか十五分で完売ですから。これ以上win-win《ウインウイン》の関係というのも珍しいでしょう」

「来週の水曜日か……」

海埜は壁掛けのカレンダーをちらりと見たが、それはいわゆる世間的慣習に従っただけであって、大した意味はない。普通の会社員とは違い、カレンダーを見たところで事前にスケジュールがわかるわけではない。

「仕事がヒマな時期なら行かせてもらうが……」

自分で言いながら、言ってるそばから自己撞着《どうちゃく》であることを感じる。刑事にとってヒマな時期など、定年になるまで一回もないことがわかっているからだ。ただ普通に忙しい時期と、ものすごく忙しい時期のどちらかがあるだけである。もし大きな事件が起きて帳場（捜査本部）が立ったら、音楽会のために抜け出すなんてまず不可能だ。

瞬一郎は少し不満そうな表情だ。

「もう少し感激して欲しいなあ。彼女、ネットを中心に人気が沸騰《ふっとう》しちゃって、これだってネットオークションで、現在定価の三倍近い値段で取引きされているプラチナ・チケットなんですよ？」

「だが俺は、そういう仕事なんだからしょうがない。お前だってわかっているだろ」

「はいはい」

2

そして翌週の水曜日。

幸い帳場が立つような大事件は起こらず、海埜はコンサートホールのあるJRの蒲《かま》田《た》駅前で、無事瞬一郎と落ち合うことができた。もちろんその間、小さな事件は幾つも起こったが、いずれもスピード解決に漕《こ》ぎつけたのだ。

「そう言えば曲目を聞いていなかったな」

会場までの道を並んで歩きながら海埜は尋《たず》ねた。クラシックのコンサートなんて何年ぶりだろう。

「この前エリザベートの本選で弾《ひ》いた、ベートーヴェンのヴァイオリン協奏曲です。

ヴァイオリンコンクールの本選でベートーヴェンを選ぶのは自殺行為とまで言われているのに、それを敢《あ》えてやって優勝したんだから、ものすごく価値がありますよ」

「それは楽しみだ」

駅から七、八分ほど歩くと、コンサートホールが見えて来た。五年ほど前に柿落《こけらおと》しが行われたまだ新しいホールで、収容人数は一八〇〇人。クラシックのコンサート会場としては大きな部類だ。今日はここが満員になるというのだろうか。

エントランスを潜《くぐ》る。今後の演奏会のチラシの分厚い束を、薄手のビニール袋に入れて配布している男女がいたが、荷物になるので断り、そのまま切符のもぎりを通過した。次に演奏会に行けるのは何年後になるかわからないのに、チラシだけ山ほど貰《もら》っても虚しいだけである。見ると瞬一郎も貰っていない。

まだ開場したばかりなので、フォワイエにも人の姿はまばらだ。濃紺のスーツ姿の女性が、つややかに磨かれた板張りの床の上をハイヒールで戛々《かつかつ》と歩きながら、いらっしゃいませと頭を下げた。

瞬一郎は一階の客席の扉を潜ると、どんどん前へと進んで行く。一番前列の通路に立って、無人の舞台の上の椅子の配置を眺めている。

「なるほど。なかなかやり手のステマネがいるようですね」

したり顔で頷《うなず》く。

「何がなるほどなんだ？」

　誰もいないのに――。

「椅子の配置を見ると、ステージマネージャーの力量がわかるんですよ。特に前とぶつかりやすいトロンボーンの前の空間を、どう確保しているかを見るのがポイントです」

　それからまた歩き出して、そのままステージに向かって下手《しもて》、すなわち左側の一番前の扉を開けて、脇の廊下に出てしまった。

　そこには踊り場のような小空間が広がっていた。右側にはスチール製の防火扉があり、左にはフォワイエに戻るための上向きの階段が延びている。

「一体どこへ行くんだ？」

「ちょっと楽屋に寄って挨拶して行きましょう」

　そう言って右側の防火扉に手をかける。

「誰に？」

「武藤さんですよ。チケットのお礼も言いたいし」

「いや、俺はいいよ。俺は客席で待っているから、お前だけ行って来い」

　海埜は慌《あわ》てて首を横に振った。

「よろしく伝えておいてくれ」

するとと瞬一郎は唇をちょっと尖《とが》らせた。

「一緒に行きましょうよ。これから確実に世界的ヴァイオリニストになる若い女性と話をする機会なんて、伯父さんの幸《さち》薄くて残り少ない人生には、もう二度と訪れないかも知れませんよ」

「確かに滅多にない機会だとは思うが、幸薄いとか残り少ないは余計だろ」

海埜は憮然《ぶぜん》とする。

「それに本番前にお邪魔するというのはさすがに……」

「いや、それがさっきメールしたら、来て欲しいという返信がすぐにあったんですよ。元々彼女は、本番前は緊張がほぐれるから、誰かにいて欲しいというタイプなんです」

そう言って携帯端末をポケットから出して見せる。

「お前が携帯を携帯するようになったのは、人類にとっては大きな一歩だな」

海埜がアームストロング船長の名言を意識しながら奇妙なトートロジーを弄《ろう》しているうちに、瞬一郎はもう防火扉を押しはじめていた。

防火扉はゆっくりと開いて、その先に続く薄暗い廊下が現れた。

「ここは？」

「楽屋の廊下ですよ」

「え、もう？」

こんなに簡単に行けるものなのか。海埜も過去に警備等で何度か劇場やコンサート会場に出入りしたし、楽屋に入ったこともあるが、客席に行く時は入口から、楽屋に行く時は楽屋口から、毎回ガードマンに手帳を見せて入っていた。

「案外簡単に行けるものなんですよ。あんまりみんな知っちゃって、関係者以外がどっと押し寄せるようになったらマズイですけどね」

瞬一郎は先に立ってどんどん廊下を歩いて行く。途中でオーケストラの団員らしい黒いロングスカートの女性や、インカムを付けてネル地のシャツにチノパンというラフな恰好《かっこう》の裏方らしい男性とすれ違う。何か言われるかなと思ったが、あべこべに会《え》釈《しゃく》までされてしまい、海埜は何だか申し訳ない気分になった。

やがて武藤様控室という貼り紙がされたドアを見つけ、瞬一郎はそれをノックした。

「はい」

涼しげな声がして、小さな磨《す》りガラスの向こう側で影が微妙に動き、やがてドアが内側から開かれた。

ドアの内側に立っていたのは、海埜が想像していたよりもずっと華奢《きゃしゃ》で小柄な女性だった。身長は一五〇センチそこそこ。髪は一度も染めたことのなさそうな漆黒《しっこく》のショートボブだ。先日のテレビの臨時テロップでは確か二十一歳となっていたが、欧米ではまず間違いなくティーンエイジャー扱いされることだろう。ヘアセットや化粧などは済ませてあるようだが、それもごくごく薄い。ラッフルスリーブというのか、幅広の襞《ひだ》飾りが袖についたトップスに下はジーンズ。明らかに普段着で、今どきの若い音楽家はこういう恰好で演奏するのか？　と一瞬訝《いぶか》ったが、よく見ると鏡台前のハンガーには、ブルーのステージ用ドレスが掛かっている。どうやら、出番のぎりぎり直前に着替えるらしい。

「優勝おめでとう、麻巳子ちゃん」

「うわあ、嬉しい！　来てくれてありがとう、瞬先輩！」

武藤麻巳子は跳び上がった。低身長にもかかわらず平底の靴を履《は》いているのは、万が一にも足を挫《くじ》いたりしないようにという配慮だろうか。

だが着地してすぐに、細眉を八の字に寄せて複雑な表情を泛《うか》べた。

「あれれ、でも瞬先輩に演奏を聴かれるなんて、よく考えたら一大プレッシャーかも」

「何を言っているんだ。自分でチケットを送って来たくせに」

「うーん、送ったことを今ちょっと後悔してますぅ」

人差し指を目の下に持って行って左右に動かし、泣きマネをする。なかなか愛嬌《あいきょう》の方も満点の娘さんのようである。

「それに錚々《そうそう》たる審査員の前で演奏して優勝したんじゃないか。今さら僕に聴かれるくらいが何だと言うんだ」

「先輩が出ていたら優勝できてないかも」

「そんなことはないし、そういうことを言ってはダメだよ。二位以下の全参加者に対して失礼だ」

「すみません……」

瞬一郎が真顔で窘《たしな》めると、武藤麻巳子はしょげ返った。いつもこの男の言いたい放題を窘める側の海埜は、その光景を何だか不思議な気持ちで眺めた。

「ところでカデンツァは何を弾くの？」

「ヨアヒムです！」

あっさりと元気を取り戻す。

「ああ、意外と当たり障りのないところを選んだね」

「瞬先輩はベトコンのカデンツァは断然シュニトケ派ですよね。あたしもシュニトケのカデンツァ大好きなんですけど、指揮のマルコリーニさんが嫌いらしいんです。カデンツァのモチーフは、絶対にその曲から取られなければならないという信念の持ち主らしくて……」

「えっ？　だけどカデンツァは一〇〇％、ソリストの裁量だろう？」

「そんな気もするんですけど、駆け出しのソリストの分際《ぶんざい》で、指揮者の意向を無視することなんて、とてもできませんよぉ」

「構わないよ。本番でいきなりシュニトケ弾いちゃえ」

「やっちゃいますか、カデンツァテロ⁉」

そう言って小さく舌を出す。話の内容は海埜の理解の外にあるが、どこからどう見ても今どきの若い娘さんであり、街で見かけたら、そんな国際的なコンクールで優勝した演奏家とは、まず思わないことだろう。

それから瞬一郎が海埜を紹介した。海埜が軽く会釈すると、武藤麻巳子はまるで舞台上のレヴェランスのように膝を曲げてお辞儀をしていた。

「そういえば伯父さんが刑事だって、先輩言ってましたね！　うわぁあたし、本物の刑事さんに会うのは生まれて初めてかも」

「それはお嬢さん、幸せなことかも知れません。みんなあまり、知り合いになりたがらない人種でして」

「きゃは♡」

それから再び何やら専門的な話になった。

「二次予選の時に強い音が欲しくて、ゴールドブラカットの０・２７にしてみたんですけど、何かしっくり来なくて。それで思い切って本選は０・２６に戻したんですよ」

「ああ、0・27は全くの別物だね。確かに音は強くなるけど、倍音が乱れがちになるような気がする」

「やっぱりそう思います？　じゃあ戻して正解だったかなぁ？」

「間違いなく正解だと思う」

「本選直前に気が付いて良かったぁ。ラッキーでした」

「いやそれは普段から、自分で自分の音をちゃんと聴けている証拠だから自慢して良いよ」

「瞬先輩にそんなこと言われたら、調子に乗っちゃいますよ、あたし」

「本番前はいくら調子に乗っても良いさ。世界で一番上手《うま》いのは自分だと思って弾くんだ」

「そーします。と言うか、そーしてます」

「だろうね」

瞬一郎は首を竦《すく》めた。

「そう言えばオットー先生はお元気？」

「相変わらず元気ですよ。1にスケール、2にスケール、3、4がなくて5にスケール！　ハイフェッツはドントの24のエチュードだけを、パールマンはセヴシックのスケール集だけを、蜿蜒と練習していた！　1にスケール、2にスケール、3、4がなくて5にスケール！」

武藤麻巳子がこの前の瞬一郎と全く同じ口真似をはじめたので、海埜は思わず噴き出しそうになった。よっぽどその台詞《せりふ》が口癖なのだろうが、オットー先生、弟子たちに真似され過ぎである。

だがここで武藤麻巳子が、憶い出したように赤い唇を尖らせた。

「ところで瞬先輩は、本当にヴァイオリニストにはならないんですか？」

すると瞬一郎は再び首を竦めた。

「どうして？　ヴァイオリニストとは、ヴァイオリンを弾く人という意味だろう？　そういう意味では僕は一生、ヴァイオリニストの端くれではいるつもりだけどね」

「そうじゃなくて、演奏のプロとしての活動はしないんですか？」

「現状それには興味はない」

「えー何で」

「理由はいろいろあるけど、演奏活動をするということは、演奏会に向けての準備期間を含めた一定期間、自分の身体の関係性の網の目を、特定の楽曲に完全に従属させるということに他ならないからね。僕は小さい頃からそれがどうにも苦手で、本当はジュニアのコンクールに出るのも好きじゃなかった。僕はいつもフラットな状態でいたい人間なんだよ」

「んーあたしのような凡人には、何を言っているのかぜんぜん理解できませーん」

　武藤麻巳子は首を傾《かし》げた。

「演奏活動と自己研鑽は両立しないってこと？　既に押しも押されもせぬ巨匠だったハイフェッツが、デビューしたばかりのアイザック・スターンの演奏を聴いて、その後の演奏活動の予定を全てキャンセルして、一からみっちり技倆《ぎりょう》を鍛え直した、みたいな話？」

「いや、それともちょっと違う。僕は常に座標軸のゼロの地点にいたいんだよ」

「んー」

　もう一度首を傾げる。

「ん!?」

　それまで会話に夢中だった瞬一郎が、テーブル上のヴァイオリン・ケースにようやく目を留めた。実はさっきから海埜も、耳は二人の会話を聞きながら、目の方はそれに釘付けになっていたのだが、ケースのフタが開いていて、中が見えている。ケース内部に敷き詰められた緑色のフェルトに、静かに抱きかかえられるかのように収まっているのは、深い琥珀《こはく》色を湛《たた》える一挺《ちょう》のヴァイオリン。その手前には弓が、こちらはケースから出した状態で置いてある。

「ひょっとして、これが今回貸与されたストラド？」

「そうです。〈エッサイ〉です」

「おーこれが。写真では何度か見たことがあるけど、本物を見るのは初めてだ」

思わずといった感じで一歩近づく。

「先輩、ちょっと弾いてみます？」

瞬一郎は一瞬ぴくり、と背中を震わせた。

「いや、しかし……」

「弾いて下さいよぉ」

瞬一郎は乞われるがまま楽器を取り上げて、顎と鎖骨《さこつ》の間に挟み込んだ。武藤麻巳子が手前にあった弓をすかさず手渡す。

瞬一郎は弓をほぼ水平に大きく引くと、一番左側の一番太い弦を勢い良く弾いた。松脂《まつやに》の白い粉がぱっと飛び散る。

かと思うとそのままのダウンボウイングを続けながら、すぐに隣の二本の弦の上に弓を移動させて重音を奏でた。

最初に弾いた弦の響きがまだ空中に残っているから、結果として海埜の耳には、三重音となって聞こえて来た。

重音の練習？

いや違うな、れっきとした曲だ。何だっけ、これ――？

瞬一郎はそのまま弓の先ぎりぎりまで弾き切ると、早いアップのボウイングで手に持つ箇所に近い部分――確か元弓《もとゆみ》とか言うんだったか――まで戻し、再度左側の二本の弦の上に乗せて、低い重音を奏ではじめた。

だがまたすぐに弦から弓を浮かせて角度を変えると、今度は右側の細い二本の弦の上に素早く移動した。

そして高い二重音を一気に弾き下ろした。

左側の太い二本の弦はまだ震動しているから、今度は結果的には四重音となって聞こえて来た。ヴァイオリンの弦は四本しかないのだから、これがヴァイオリンが出せる重音の限界ということになるのだろう。

瞬一郎はそのまましばらく三重音や四重音を連続で弾き続けていたが、やがて武藤麻巳子が、赤い唇を尖らせてそれを止めた。

「ちょっと瞬先輩。ワンストロークで、これからステージで演奏しなきゃいけない人よりも、いい音を出さないで下さいよぉ！　しかもいきなりバッハの『シャコンヌ』とかぁ！」

「え、あ、ああ……」

瞬一郎は我に返ったような顔で演奏を止めた。

「世界で自分が一番上手いつもりで弾けとか何とか言っといて！　こんなの聴かされて思えますか！　瞬先輩って時々空気読みませんよね！」

時々じゃなくていつもだろうと海埜は横で思う。

一方その本人は、愕《おどろ》いた顔で手の中の楽器を眺めている。

「やばいな、これ。さすがは〈エッサイ〉。これまで、バイロイトでオットー先生から貸与されたデル・ジェズが僕の理想の一挺だったけど、これはそれと甲乙つけがたい」

3

開幕十五分前になったので、楽屋を辞することにした。

「えーまだいいじゃないですかぁ」

武藤麻巳子が瞬一郎と海埜の袖を摑んで引き止める。プログラムの最初の曲には自分は登場しないので、ヒマだと言うのだが、本当に人懐《なつ》っこい娘である。

「だけどそろそろ準備しないと」

「先輩たちの席だったら、ここから三〇秒で行けますよ」

「いや僕らじゃなくて君がだよ。第一、いい加減そろそろ舞台衣裳に着替える時間だろう？」

「あ、忘れてた！」

胸の前で掌《てのひら》を合わせる。

大丈夫なのだろうかこの娘《こ》？

と思わず心配してしまうようなそんなやり取りの後に、海埜は瞬一郎と楽屋を出て、さっき通った廊下を今度は逆向きに辿った。

「何だか、普通に可愛らしいお嬢さんだなあ」

歩きながら海埜は、良い意味で予想を裏切られた気分で言った。そう言えばネットで人気沸騰という話だったが、それは腕前に加えて、ヴィジュアル的な要素もきっと大きいのだろう。

「でも彼女、普段はあんな感じの天然キャラですけど、本番になると人が変わりますよ。こちらがゾッとするくらいの、鬼気迫る演奏をします。天才少女と謳《うた》われた九歳の頃からそれは変わりません」

「ほう」

演奏がますます楽しみになって来た。

「ところでさっきのヴァイオリンだが、ひょっとしてストラディヴァリウスなのか？」

会話の中でこの男が、ストラドと言ったのを聞き逃さなかったのだ。〈エッサイ〉とも言っていたが――。

「伯父さんがストラディヴァリウスを知っているとは、人類の大きな進歩を感じますが、そうですよ」

こともなげに答えつつ、きっちりさっきの皮肉のお返しをして来る――。

「それくらい俺だって知っているさ」

と言うよりも、普段クラシック音楽に縁のない自分でも知っているくらい有名ということだろう。言わずと知れた、十七世紀後半から十八世紀の前半にかけて、イタリアのクレモナで活動していた弦楽器製作者であり、現存する作品は世界に数百挺、中には時価数億円するものもあると聞く。

「〈エッサイ〉というのは？」

「綽名《あだな》です。十九世紀の大ヴァイオリニスト、ジョルジュ・エッサイが所有していたところから名付けられました。ヴァイオリンの名器にはたいてい綽名がついていて、それで呼ばれるんです。ヨーゼフ・ヨアヒムが持っていたストラディヴァリウスだから〈ヨアヒム〉、イザイが持っていたグァルネリ・デル・ジェズだから〈イザイ〉とかね」

「所有者の名前が付くわけか」

「そのパターンが多いですが、現在諏訪内《すわない》さんが使っている一七一四年製の〈ドルフィン〉なんかは、裏面のニスの光沢がイルカを思わせることからついた綽名ですね。その〈ドルフィン〉に一七一五年製の〈アラード〉、そして一七一六年製の〈メシア〉、黄金期と呼ばれる時期に製作されたその三挺が、現在世界の三大ストラディヴァリウスと呼ばれていますが、一七二七年製の〈エッサイ〉は、それらと比べても何ら遜色《そんしょく》のない、ストラディヴァリ晩年期を代表する一挺ですよ」

「へえー」

そんなものすごいものを自分は目にしていたのか——。

「ジョルジュ・エッサイはその名前が示すようにユダヤ系で、二〇世紀以降の主要なユダヤ系大ヴァイオリニストの、ほとんど全員の師匠筋に当たるというほどの人物です。〈エッサイ〉は日本の某製薬会社の会長が、海外のオークションで落札して所有していたんですが、エリザベートで優勝したことによって、今回期間限定で武藤さんに貸与されることになったんです」

「するとひょっとしてあれも、時価数億円なのか?」

「うーん、それはどうかなあ」

瞬一郎は歩きながら首を傾げた。そうか、さすがにそこまでは行かないのか。今は世界的な不況の真っ只中だしな——。

と思ったが逆だった。

「〈レディ・ブラント〉の綽名を持つ一七二一年製のストラディヴァリウスが、数年前にオークションで十二億七五〇〇万円で落札されていたことを考えると、〈エッサイ〉がたったの数億円で済むとは、とても思えないですね」

「じゅ、十二億⁉」

桁《けた》が一つ違う——。

「しかもそれは、さっきお前が言った三大ストラディヴァリウスでもないわけだよな……」

「そこらへんは好き好きですから。自分で言っておいて何ですが、三大ストラディヴァリウスというもの自体、ヒル商会のアンドリュー・ヒルが勝手に選定したものであって、その後の円熟期の作品の方が良いと言う人もいれば、八十五歳を過ぎてからの晩年期が至高と言う人もいますからね。それはそうと、そもそも伯父さんは本当にわかっているんですか？　ストラディヴァリウスやデル・ジェズが、どうしてそんなに高額で取り引きされるのか」

「それはもちろんわかっているよ。古くて数が限られているからだろう？」

海埜はちょっと胸を張りながら答えたが、瞬一郎は首をゆっくりと横に振った。

「いややっぱり、ちゃんと理解してはいないと思います。だってその論理だったら、世界に数台しか現存しない、へんてこな形をした中世の楽器とか、もっと高くなってしかるべきでしょう？　いくら数が少なくて貴重と言っても、ストラディヴァリウスは世界に数百挺は現存しているんですから」

「ああ、そうか……」

「どんな楽器にも後世に名を残す名手はいるわけですが、ヴァイオリン属以外はどんな名手の楽器でも、それは基本その奏者一代限りのものであって、一〇〇年前のオーボエやクラリネットの名手が使っていた楽器が、現在の奏者に引き継がれて使われているというようなことはありません。そもそも楽器というものは木管楽器も金管楽器も鍵盤楽器も撥弦《はつげん》楽器も打楽器も、要するに弦楽器のヴァイオリン属以外は全てということですが、昔のものよりもモダン楽器の方が基本的性能は絶対に高いんです。モダン楽器は大きな音が出せるし、音色も明るく輝かしい。さらには正しい音程も取りやすい。そんな中で唯一ヴァイオリン属だけは、数百年以上前に製作されたものがいまだに現役で使用され続けていて、劣化するどころか輝きを増し続けている。そこがすごいんです」

「だが古楽オーケストラなるものがあるじゃないか。あれはメンバー全員が昔の楽器を使用しているんじゃないのか？」

「伯父さんが古楽オーケストラという言葉を知っていたことには、改めて人類の進化の大きな一歩を感じますが違います。あれもヴァイオリン属以外は全て、新しく作られた古楽器ですよ」

「新しく作られた古楽器？」

何だか矛盾しているような——。

「ですから昔の響きを再現するために、音程を取るのが難しい古い楽器や、廃《すた》れて博物館の片隅に眠っていた自然倍音しか出ない昔の楽器などを、修理するのではなくて新たに再製作して使っているのですよ。ところがその中で唯一ヴァイオリン属だけは、作曲された当時の楽器がいまだにそのまんま現役なんです。わかりますか、この違い？」

「だから、わかっているつもりだが……」

ちょっと自信がなくなって来た——。

「うーん、本当にわかっているのかなあ。だから古楽器オーケストラだろうが現代の大編成オーケストラだろうが、とにかくステージ上のほぼ全員が、せいぜいここ数十年のうちに作られた楽器で演奏している中、ソリストあるいはコンマスの手の中にあるたった一挺だけが、まだ蒸気機関も電気モーターもない時代に作られたもので、しかも最近作られた楽器の響きの中に埋没するどころか、その中で最も輝かしい音色を響かせている。どうです、正に奇跡でしょう？　このことに我々は、もっと愕いてしかるべきです」

「ああ、なるほど」

海埜は頷いた。ストラディヴァリウスの凄さが、初めてちゃんと理解できたような気がした。

「それによってヴァイオリンには《来歴》が生まれます。たとえばさきほど名前を挙げた〈イザイ〉は、イザイが亡くなったあと、アイザック・スターン愛用の一台となり、その後日本音楽財団が所有してピンカス・ズーカーマンに六年間貸与された後、現在はセルゲイ・ハチャトゥリアンが使用しています。メニューインが愛奏していた一七一四年製の〈ソイル〉は、現在イツァーク・パールマンが弾いています。こうした歴史も、我が国の茶道具の来歴と同じように、ヴィンテージ・ヴァイオリンに付加価値を与えるわけですが、これもまた、一代限りの他の楽器ではあり得ないわけですよ」

だからその奇跡を考えたら、億単位でも決して高くはない、むしろ安いくらいだとこの男は言いたいのだろう——。

「だけど、どうしてなんだ?」

「何がですか?」

「だから、どうしてストラディヴァリウスやそのデル・ジェズとやらは、そんな風に特別なんだ?」

すると瞬一郎は両肩を窄《すぼ》めた。

「とりあえず時間の経過に伴う弦楽器の一般的な性能向上に関しては、科学的な裏付けがちゃんとあります。ストラディヴァリが製作に用いたのは、イタリア北部のパナヴェッジョの森に自生するスプルースですが、標高一七〇〇メートルのこの森は夏でも寒冷で、樹木がゆっくりとしか成長できず、年輪が均等かつ密に詰まった理想的な木材になります。こうした良質の木材で作られた弦楽器は、時間の経過と共に、湿度の変化に伴って微妙に伸縮をくり返しながら収縮して行くのですが、その際に木材のセルロースがゆっくりと結晶化することによって、製作時よりも強度はむしろどんどん増して行くのです。さらに材質内部の含水量が減少し、同時に質量も減って行って、音響特性は向上して行きます」

「なるほど、良質な木製であることか……」

「金属など他の材質で作られた楽器は、作られた時点が最高で、それ以上性能が向上することは考えられませんからね。かつては木製だったのに、木は折れたり歪んだりするという理由で金属製に代わり、現在では木管楽器という名称のみにその痕跡を留《とど》めるフルート等とは正に対照的です」

「ふむ……」

「気候的な条件もプラスに働きました。クレモナの名匠たちが登場する百数十年くらい前に、ヨーロッパは小氷期に突入しています。夏と冬の寒暖差が小さく木はあまり成長できず、彼らにこの上なく理想的な材料を提供したというわけです」

「なるほど。だがその論理ならば、その時代に作られた全ての楽器が名器にならないとおかしくないか？」

　すると瞬一郎は大きく頷いた。

「その通り！　どうしてもそれだけでは説明できない部分が残るんですよ」

「ニスに秘密があるとかないとか、聞いた憶えがあるが……」

「確かにニスは、楽器の周波数に影響を与えます。ニスをかけていないヴァイオリンは振動しすぎますし、逆に厚く塗りすぎると音が死にます。そこで一時《いっとき》、ストラディヴァリウスの深い赤色のニスに秘密があるという説が有力になり、やれ火山灰だのプロポリスだの、既に絶滅した昆虫の翅《はね》だの、ひどいのになると処女の生き血が混じっているという説まで生まれました」

「オカルトだなあ」

「ところが二十一世紀になって、フランスとドイツの共同研究チームが赤外線で徹底的な分析調査を行った結果、使われていたのは普通の松ヤニと脂だけだということが判明しました。そもそもオリジナルのニスは長い年月の使用の間にほとんど剝がれ、その後何度も新たなニスで上塗りされているんですから、ニスに秘密を求めること自体がナンセンスだったんです。ストラディヴァリウスでオリジナルのニスが完璧な状態で残っているのは、ほとんど未使用の状態で現在もアシュモレアン博物館で保存されている一七一六年製の〈メシア〉くらいのものでしょう。いま五嶋龍《ごとうりゅう》さんが使っている一七二二年製作の〈ジュピター〉にも、製作時のニスが比較的全体に残っていると聞きますが」

「ふうーん」

「その後も板の厚みに秘密があるとか、製作前の木材の乾燥方法が特殊だとか、はたまた内部の空気の振動数を調べたり、仕上げの磨きに使った草の種類を特定したり、さまざまな研究がなされていますが、いまだ結論は出ていません。現代の最新テクノロジーを駆使すれば、形状、厚み、板の剛性などがストラディヴァリウスと全く同じ楽器を、ミクロン単位で完全コピーすることもできるし、実際にやっている人もいますが、それでも同じ響きには決してならない。FFTアナライザーによって、数ヘルツの精度で音響測定が可能になり、コンピューターで振動周波数をシミュレートすることもできるようになったのにです」

「ふうーん」

「中には楽器そのものが、過去の名手たちが弾いた音を内包して〈保存〉しており、我々はタイムマシンに乗ったかのように、その音を聴いているのだと言う人までいますよ。年月と共に木の細胞が結合力と弾力性を強めて行く中、毎日名人の手による一定の震動を与えられていたのならば、その固有の震動を細胞が〈記憶〉しているなんてことも、ないとは言い切れないという主張です」

「うーん、再びオカルトに近くなって来たなあ」

海埜は歩き続けながら首を傾げた。

「だがさっきの木の経年変化の話については納得できる」

「伐採《ばっさい》の時期も重要です。伐採されたのが春だと、木材の内部に樹液が多いため、虫が入ります。また満月の時は木が土から養分を吸うのでやはりダメです。一番適しているのは、秋から冬の新月の頃に伐採された木材ですが、ストラディヴァリはそれらのことも知悉《ちしつ》していたと推測されます」

「それにしても、現代の科学をもってしても突きとめられないとはな」

「僕の意見を言わせてもらうと、これだけ探しても何もないんだから、特別な材料を使ったという説は、いい加減廃れるべきだと思いますね。クレモナの名匠たちは材料選びから仕上げに到るまで、細部にも全く手を抜かない完璧主義者で、常により良いものを求めてチャレンジする驚異的な探求心をも併せ持っていた。沢山製作して売りさばいた方が儲かるのに、そうしなかった。何のことはない、結局のところすべての秘密はそれに尽きるというのが僕の意見です。彼らは持てる限りの技術で、毎回毎回自らのベストを尽くし、その作品は完成当時ももちろん一級品でしたが、さらに時代を経るに従って、恐らく製作者たち本人も予測していなかったであろう経年変化によって、悪魔的な楽器へと変貌を遂げることになった。それが真相ではないでしょうか」

「なるほど」

「今ではその名を知る人はほとんどいませんが、十八世紀のヨーロッパの宮廷で最も人気のあったのは、チロル派と呼ばれる一派に属する、ヤコブ・シュタイナーが製作した楽器でした。十八世紀の末には、何とシュタイナー一挺で、ストラディヴァリウスが四挺買えたそうです。ところが十九世紀に入ってピッチが上昇し、より大きな音を求めてネックが伸ばされるようになると、当然張ってある弦の張力も増しますから、シュタイナーをはじめとする多くのバロック・ヴァイオリンは、その張力に物理的に耐えられなかった。しかし完璧に作られているストラディヴァリウスやデル・ジェズは、びくともしなかった。人々の嗜好の変化という歴史の篩《ふるい》が、ストラディヴァリウスやデル・ジェズを選んだのです」

「へえー」

「ただし、今後どうなるのかは誰にもわかりませんよ。経年変化によって性能が向上したのならば、今後逆のことが起きないという保証はない。さすがに四〇〇年五〇〇年の使用には耐えられなくなって、音質が衰え始めるかも知れない。あるいは十九世紀の名匠であるロッカやプレッセンダ、さらには真面目に作られた二〇世紀や二十一世紀のモダン・ヴァイオリンが、今後ストラドを超える音を出すようになって行くかも知れない。そうなるかも知れないし、ならないかも知れない。それは誰にもわかりません」

そう言いながら、さっき通って来た防火扉を今度は逆側から押す。海埜は頷いた。

「ふむ。ところでもう一つ、さっきからお前の話でどうしてもわからないことがある」

「何です?」

「さっきからお前は、ストラディヴァリと言ったりストラディヴァリウスと言ったりしているだろ。一体どっちが正しいんだ?」

「いちおうちゃんと使い分けているつもりですが。ストラディヴァリは製作者の名前で、彼が作った楽器がストラディヴァリウスです。イタリア語の男性名詞の複数形がiで終わるから、イタリア人の苗字はiで終わることが多いんですよ。一方そのラテン語主格形がストラディヴァリウスです。主語になり得る形を主格と言いますが、ラテン語の男性名詞の主格は語尾が-usなんですよ。ですから楽器の方を指す時は、その胴体内部に貼られた*Antonius Stradivarius Cremonensis faciebat*――クレモナのアントニオ・ストラディヴァリがこれを作った――というラテン語で記されたラベルにちなんで、こちらの方を用いるわけです」

「はーん」

揚げ足を取ってやるつもりだった海埜は、変な声を出して黙り込む以外になかった。


――


ヴァイオリンを盗み出すのに、これ以上のやり方は恐らくあるまい。

ただ盗むのならば覆面してピストルでも突きつけて強奪すれば良いわけだけど、どうせなら満員のコンサート会場から、芸術的に盗み出してやる。

それにはこれが最高の方法だ。今まで誰も気が付かなかった方法――。

やり方はこうだ。

まず女子用御手洗いの一番奥に私が入る。

そして武藤麻巳子が来るのを待ち伏せする。

本番前、演奏会用のドレスに着替える直前に、武藤麻巳子は必ずや御手洗いに行く。

男性の演奏家には、この苦労は決してわからないだろうし、わかってもらいたいとも思わないが、女性演奏家は一度演奏会用のロングドレスに着替えてしまうと、御手洗いが大事《おおごと》になるのだ。さらに今日武藤麻巳子が演奏するベートーヴェンのヴァイオリン協奏曲は、三大ヴァイオリン協奏曲の中でも最も長大で、演奏時間は優に五〇分を超える。しかも今日の指揮者のマルコリーニ氏は、イタリア人らしく旋律をカンタービレでじっくりと歌わせるタイプだから、一時間を超えてもおかしくない。途中で万が一尿意を催したりしないように、直前に必ず行く。行かなかったらそれはプロのヴァイオリニストとしては失格である。

楽屋に女子用御手洗いは二箇所あるが、控室の位置の関係で、今回舞台前にこの御手洗いを使うのは数人しかいない。そうなるように手を回し、控室の場所を調整したのだから。控室に関してだけは女性演奏家は恵まれている。ヴァイオリンとヴィオラの男性奏者たちは、今回もまた若手からおじいさんまで、全員一緒の大部屋なのだから。

さっきから控室のドアを薄く開けて、武藤麻巳子の控室の様子を見張っている世理《より》子《こ》から、一分ごとにショートメールが入る。さっきまで楽屋に遊びに来ていた若いイケメンと元イケメン風の中年男性の二人組が、ちょっと前にようやく去ったらしい。おっと、そんなことを言っている間に、正に今、武藤麻巳子本人が控室を出たというメールが届いた。

廊下をこちらに向かって歩いて来る足音がする。さすがにドキドキする。

来た！

武藤麻巳子が、そのまま隣の個室に入る音がした。私はいつでも飛び出せるように、個室の差し込み錠を静かに辷《すべ》らせて、だがドアが全開にならないように、内側から手で押さえて待った。

一分もしないうちに隣のドアが開く音がした。

私は音もなく個室を飛び出すと、手洗い場に向かう小柄な武藤麻巳子の背後から、そのショートボブの下、剝《む》き出しになっている真っ白い首筋目がけて、皮膚から吸収されるタイプの麻酔薬を噴射した。天才少女は慌てて振り返り、襲撃者の姿——もちろん念のため私はマスクとサングラスをしている——を確認しようとするが、その意識はすぐに遠のく。私は身体を密着させて、後ろからその口をハンカチで塞ぐ。こちらにはあらかじめ、吸入麻酔薬のイソフルランが染み込ませてある。

二〇秒もしないうちに、武藤麻巳子の身体から力が抜けた。私は細いウエストに片腕を回し、その身体を支えた。

そのまま〈お姫様だっこ〉で一五〇センチの小さな身体を抱え上げると、使われていない部屋に運び込んで、ソファーの上に寝かせた。悪いな天才少女。あんたには何の恨みもないけど、しばらくこのまま眠っていてもらわないとな。まあこれ以上危害を加える心算《つもり》はないから安心しな。

その足で廊下を戻り、本人の控室に侵入してお目当てのものを確保すると、私はさっさと部屋を出た。

4

開演前に瞬一郎が珈琲を飲みたいというので、例の踊り場のところからフォワイエに直接戻る階段を上り、バーカウンターでエスプレッソを二つ注文して、丸テーブルを挟んで二人で立って飲んだ。

見ると、いつも何も入れずにエスプレッソを飲む瞬一郎が、角砂糖を二つ入れてかき混ぜている。

「お前が砂糖を入れるなんて珍しいな」

「本腰を入れて音楽を聴く前には、血糖値を上げて蝸牛《かぎゅう》の有毛細胞に栄養をあげることにしているんです」

へえ？　効き目があるのか？

飲み終わるのとほぼ同時に開演五分前を告げるアナウンスがあったので、今度こそ席へ着くことにした。再び客席の扉を潜り、通路を進む。

武藤麻巳子が用意してくれた席は、前から六列目の中央という特等席だった。周囲を見渡すと、いつの間にかぎっしり超満員になっている。

やがて客席の照明が落ち、上手《かみて》と下手の両側からオーケストラの団員たちが登場した。男性は燕尾服《えんびふく》、女性は黒いロングドレス姿だ。

ニュージャパン・シンフォニーオーケストラは、今年で創立十七年目の比較的まだ若いオーケストラである。過当競争気味の首都圏のオーケストラの中で、斬新なプログラム構成や若手ソリストの積極的な起用などで、独自色を打ち出しているという話である。今回武藤麻巳子の凱旋コンサートを急遽《きゅうきょ》決定できたのも、そうしたフットワークの軽さがものを言ったのだろう。

最後にコンサートマスターが登場した。小柴祐樹《こしばゆうき》という三〇代後半のヴァイオリン奏者で、テレビの音楽番組で何度か見かけたことがある。このオケの二代目のコンサートマスターで、端正な顔立ちをしているが、残念なことに上背には恵まれず、コンマスの席に座ると隣の席の女性奏者より座高が低い。

オーボエの首席奏者がA音を鳴らし、音合わせが始まった。ただピッチを合わせるだけの行為が、これから行われるパフォーマンスへの期待感を、いやが上にも高めていく。

最初の曲は小編成の曲らしく、舞台上の椅子はまだ半分近くが空席のままだ。特に金管楽器のセクションはがら空きで、弦楽セクションも後ろの方は空いている。客席が超満員なのに、舞台の上が半分近く空席という珍しい光景の中、音合わせが終わると、静寂が場内を再び支配する。

マルコリーニという名前の、イタリア人の若手指揮者がゆっくりと登場した。欧米を中心に現在絶賛売り出し中らしいが、なるほど名前の終わりがiである。ニュージャパン・シンフォニーオーケストラは常任は置かず、五人ほどの客演指揮者が持ち回りで定期演奏会を受け持っているらしい。期待感の籠《こも》った温かい拍手が起き、すぐに鎮まる。

始まったのは日本人の現代作曲家による、『エクローグ』というタイトルの単一楽章の曲だった。エクローグとは田園詩とか牧歌という意味らしいが、そこは現代曲、耳に快い、わかりやすい旋律はほとんどない。ひょっとしたらタイトルは皮肉の意味でつけられたのかも知れない。だが不協和音が続いたあとにふと単純な和音が鳴ると、それだけでとても美しく感じられる。

たまに聴く分には、現代曲もなかなか良いものだなと海埜は思った。

十二、三分ほどで曲は終わり、拍手の中、指揮者がオーケストラ全員を起立させた。指揮者が一揖《いちゆう》すると、拍手の音が大きくなった。頭を上げた指揮者はそのまま退場し、オーケストラは再び着席した。舞台の上は明るいままだ。

オーケストラの定期公演としてのメイン曲は、プログラムの最後に置かれたブラームスの交響曲第四番なのだろうが、超満員の聴衆の多くのお目当ては、次の武藤麻巳子をソリストに迎えてのベートーヴェンのヴァイオリン協奏曲なのだろう、場内のボルテージが上がっているのが肌で感じられる。オーケストラの編成も大きくなるため、舞台袖から奏者が新たに加わって、空いていた席に着いた。

だが肝腎《かんじん》の指揮者とソリストがなかなか登場しない。

観客の期待感を煽《あお》るために、わざと焦《じ》らしているのだろうか？

そのまま一分経ち二分経ち、辛抱強く待っていた海埜もさすがにこれはちょっと焦らし過ぎだろうと思いはじめた頃だった。舞台袖から背広を着た眼鏡の男が現れて、上擦《うわず》った声で言った。

「ふ、不測の事態が起こりましたので、し、しばらくそのままでお待ちください」

客席は当然の如くざわめきはじめた。ステージ上のオーケストラの団員たちも事情がわからないらしく、怪訝《けげん》そうな表情で互いに顔を見合わせている。指揮台のすぐ脇にいるコンサートマスターが、懸命に首を捩《ね》じって睨みを利かせようとしているが、団員たちの動きは止まらない。

「何だろう、不測の事態って」

「何だか嫌な予感がしますね」

そう言いながら瞬一郎は、早くも座席から腰を半分浮かせていた。

「行ってみましょうか」

「ああ」

二人はざわめく客席の間を縫って下手脇の扉から廊下に出ると、さきほどの道を再び辿って楽屋へと向かった。

「な、何ですかあなた方は」

途中で見知らぬ男が手を挙げて制止しようとして来たが、海埜が内ポケットから警察手帳を出して見せると、男は慌てて道を開けた。

武藤麻巳子の楽屋前には、五、六人の人間が集まっていた。開演前にも見かけたインカムにネル地シャツの男がいる。頭を七・三に分けた背広姿の男もいる。ハロゲンライトを首から下げた、ポロシャツの男もいる。最初にフォワイエで見かけた、濃紺のスーツ姿の女性もいる。だがみんな一様に落ち着きがなく、おろおろしている様子だ。肝腎のドアは半開きになっているが、人垣が邪魔になってその中は見えない。

とりあえず名乗るのは後だ。海埜は叫んだ。

「一体どうしたんだ」

「いないんです」

人垣の中の一人の男が答えた。

「いないって、誰が」

「武藤さんが、です」

「ええっ？」

改めて手帳を見せ、詳しい事情を訊いたところ、こうだった。所定の時間を過ぎても舞台袖に現れないことに気付いたステージマネージャー――インカムの男――が、助手――ポロシャツの男――に、楽屋まで出番を告げに行かせた。ここまではよくあることだ。中にはプライドの塊で、出番の時間が来ても誰かが呼びに来るまで、自分からは絶対に出て行かないというアーティストもいるらしい。

だがステマネ助手が、何度ノックをしても返事が一切ないこと、磨りガラスの向こうに人のいる気配がないこと等を訝りながらドアに手をかけ、鍵がかかっていないことに愕《ぎょ》っとしつつ、念のため最後にもう一度大声で呼びかけながらそれを開けたところ、控室が蛻《もぬけ》の殻であることを発見したというのだ。

「つまりは失踪、ということですか？」

「はい……」

「部屋の電気は？」

「つ、点いていました。何も触っていません」

ポロシャツの男は、まるで自分がとんでもないヘマを仕出かしたかのように、声を震わせた。

俄《にわ》かには信じられない。つい四〇分ほど前まで、自分たちとにこやかに談笑していたあの娘《こ》が失踪？

「あり得ない。往年の名歌手マリオ・デル・モナコのように、本番前に緊張のあまり失踪願望に取り憑《つ》かれる演奏家はタマにいるけど、それでもいやしくもプロならば、絶対に逃げ出したりなんかしない。ましてや麻巳子ちゃんはそんなタイプじゃない。ヴァイオリンが弾けることが、何よりも嬉しくてたまらないという娘《こ》なんだ、彼女は」

瞬一郎が声を荒らげた。一度会っただけだが、海埜も全くの同感だ。

「たった今、入口の係員と楽屋口の守衛に無線で問い合わせたところ、武藤さんが会場の外に出た形跡はないそうです」

インカムの男が苦り顔で続ける。

「ということは、今も会場のどこかにいるということになりますね」

「ええ。ですからさっきから、必死に手分けして探しているのですが……」

するとちょうどその時だった。廊下の先の角向こうから、男性数人のものと思われる野太い声が聞こえて来た。武藤さん！　武藤さん！

さては見つかったのか？　全員が声の方向に駆け出した。

角を曲がる。一つの控室のドアが開いており、声はその中から聞こえて来ているようだ。そのまま中に飛び込んだ海埜は見た。

武藤麻巳子がソファーの上に俯伏《うつぶ》せに倒れている。袖に襞飾りのついたトップスにジーンズ、ついさっき楽屋で別れた時の恰好のままだ。首を捩じって顔を横に向け、ぴくりとも動かない。

「ドアに鍵がかかっていなかったので、電気を点けてみたところ、ここに……」

発見した男たちは、それ以上どうしたら良いのかわからない様子であたふたしているが、まあこんな場面に慣れている方がおかしい。海埜は彼等を押しのけると、ソファーの端をぐるりと回って、最悪の事態を想定しながらヴァイオリニストの脇に屈みこんだ。

大丈夫、息はある。恐れていたアーモンド臭もしない。

少しだけ吻《ほ》っとしたが、もちろん予断は許されない。直《ただ》ちに救急車を呼ぶように告げると、海埜は彼女の華奢な身体を抱え、ソファーの上に仰向けに寝かせ直した。

「この部屋は？」

七・三分けの背広の男が答える。

「控室の一つですが、ドアに名札が貼っていませんから、今回は使っていない空室の筈です」

とその時ちょっと遅れて瞬一郎が、息を切らせながら入って来た。何故《なぜ》か手にはヴァイオリンの弓だけを持っている。さっき『シャコンヌ』とやらを弾いたあの弓だろうか――？

「開場後、関係者で会場から出た人間はいますか？」

瞬一郎の問いに、背広の男が再び顔を上げて答える。

「それは何とも……でも調べればすぐにわかると思います」

「大至急確認して下さい。それから今すぐ、ホールの全ての出入口を封鎖して下さい。演奏者、舞台関係者、裏方さんたちはもちろんですが、帰ると主張するお客さんがいても、帰してはダメです」

「えっ？　お客さんもですか？」

するると瞬一郎が、その場にいる全員の顔を見渡しながら、きっぱりと告げた。

「武藤さんの楽屋から、〈エッサイ〉がなくなっています」

5

救急車とほぼ同時に、通報を受けた蒲田署の刑事たちがやって来た。捜査責任者は堂島《どうしま》という眉毛の太い刑事で、海埜は以前とある事件の捜査を介して面識があった。

「海埜の兄貴、どうしてここへ？」

一度も正式な部下になったことはないし、階級も同じ警部補なのだが、何故か堂島は海埜のことを慕っていて、以前から一方的にこう呼んで来るのだ。

「たまたま客として居合わせたんだよ」

「兄貴がクラシックのコンサートに？」

太い眉を顰《ひそ》める。

「似合わないのはわかっているが、本当だからしょうがない。それよりその呼び方をやめないと、捜査の邪魔をするぞ」

堂島は眉毛以外にもう一つ、大きな外見的特徴がある。スキンヘッドにしているのだ。年齢は確かにこちらが上だが、この容貌の男に兄貴と呼ばれるのは、自分がカタギじゃなくなったような気がして何だか落ち着かない。

「またまた。正義感の塊のような兄貴が、捜査の邪魔だなんて。そんなことできるわけありませんがな」

「俺は捜査の邪魔は上手いぞ。なにしろいつも上司にやられているからな」

「ひえ、そうでしたね。で、どうなんですか。初動捜査はこちらでやっても構わないんですか？」

「当然だ。俺がここに居合わせなかったものと思ってやれ。ただし」

「ただし？」

「何人か捜査員を回してくれ。俺が遊撃班を引き受けてやる」

「それは頼もしい。是非お願いします、兄貴」

「だからその呼び方をやめろと」

海埜はその数分後、堂島がつけてくれた所轄の捜査員を何人か引き連れて、出入口へと向かった。

この会場の出入口は二箇所。まずはエントランスの確認だ。既に入口の係員からは、開演後に帰った客は一人もいないという報告を受けているが、念には念を入れる必要がある。

出入口上部に備え付けてある、不審者対策の監視カメラの映像を再生し、急いで見てみた。

するとその言葉通り、開演時間に間に合わず遅れてやって来た客はいるものの、コンサート開始後に会場を後にした客の姿は一人も映っていなかった。

画面の左下には、時間が表示されている。もう一度再生し、分数や秒数に抜けがないか確かめたが、スキップしている箇所はなかった。

「よし」

次に向かったのは、もう一つの出入口である楽屋口だ。入ってすぐのところにガラス張りの守衛室があり、常駐する守衛たちの前を通らずに出入りするのは、不可能な構造になっている。

守衛は二人組で、年輩の方が濱田《はまだ》、若い方が川井《かわい》という名前だったが、彼らもやはり、演奏会が始まってから会場の外に出た者はただの一人もいないと口を揃《そろ》えた。

「お二人とも、御手洗いにも一度も立たずにずっと見張っていたのですか？」

すると年輩の濱田が代表して答えた。

「いや、それは交替で行っていますが、どちらか一方は必ず残っています。たとえ場内で緊急事態が発生して止むを得ず一人が席を外した時も、もう一人は絶対に守衛室から離れないのが決まりですから」

もちろん楽屋口にも監視カメラはついている。さっきと同じ確認作業を行った。だが守衛たちの言葉が裏付けられただけだった。やはり時間のスキップもない。

そうしているうちに、堂島たち正規部隊から連絡が入った。出演者や裏方たち、劇場の職員たち全員の点呼確認が終わったが、とりあえずいなくなった人間はいないことが確認されたという。

これではっきりしたことが一つある。不幸中の幸いか、武藤麻巳子を襲い〈エッサイ〉を盗み出した犯人も、それをこの会場の外に持ち出すことは、いまだできていない筈だということである。出入口が二つしかないこのコンサートホールは、いわば巨大な密室だ。姿を消した三〇〇年前のクレモナの名器は、いまだこの会場のどこかにある筈なのだ。

そして犯人もまた、いまだこの巨大な箱の中にいる——。

こうなると申し訳ないが、オーケストラの団員たちの控室も調べないわけには行かないだろう。その旨《むね》を告げると、ステージから退場してそのまま舞台裏に足止めされていた団員たちから、一斉に不満の声が上がった。

ところがその時、それを一喝した男がいた。コンサートマスターの小柴祐樹だ。高そうな古いヴァイオリンを片手に提《さ》げながら、男にしては甲高い声で言った。

「これは間違いなく部外者の犯行だ。我々団員に何も疚《やま》しいことはないことを証明するためにも、警察の捜査には全面的に協力するんだ」

「えーでもいくら警察と言っても、私物を広げている部屋を、男性に調べられるというのはちょっと……」

二宮《にのみや》という名前の若い女性奏者が異を唱えた。やはり片手にヴァイオリンを、もう片手に弓を持っている。こちらはすらりとしたモデル体型で、ヒールのせいもあるのかも知れないが、小柴祐樹より一〇センチ近く背が高い。

「わかりました」

堂島が同意し、携帯端末で署に電話をかけた。

「こちら堂島。大至急、女性警官を集めてこちらに寄越してくれ。交通課でも庶務課でも構わんから、掻《か》き集められるだけ掻き集めてくれ」

「それから止むを得ないので協力してもらいたいのですが」

海埜は堂島の代わりに団員たちの方に向き直って続けた。

「これからお一人ずつ、みなさんのお手持ちの楽器を改めさせて頂く」

小柴祐樹や二宮嬢が自分の楽器を手にしているのを見て思いついたのだ。灯台下暗しで、この中に〈エッサイ〉を盗んだ犯人が交じっていて、大胆にも何食わぬ顔で自分の楽器のフリをしているという可能性を考えたのである。まさかとは思うが、とりあえず全ての可能性を潰しておかなくては先に進めない。もちろん楽器をそのままステージに置いて来ている金管楽器奏者などは免除である。

一挺ずつ受け取って小柴祐樹と瞬一郎に確認させる。瞬一郎のことは説明するのが面倒くさいので、音楽に詳しい警察関係者ということにしておいた。まああながち全くの嘘でもない。

だがその結果、すべては新しいモダン・ヴァイオリンだという答えが得られただけだった。一般の楽団員は、そもそもヴィンテージ・ヴァイオリンなんか使わないらしい。

「プロの音楽家は全員、高価な楽器を使っているものと思っていたが、そうでもないんだな」

「普通のオーケストラでヴィンテージ・ヴァイオリンを使うのは、せいぜいコンマスだけですよ。N響は平《ひら》の奏者の皆さんも、結構ヴィンテージ・ヴァイオリン使っているみたいですけど、あそこは奏者たちの楽器の総額が世界一高いオーケストラですから」

そのコンマスの小柴祐樹の楽器は瞬一郎が改めた。こちらは名のある楽器らしく、受け取った瞬間に瞬一郎は声を上げた。

「やっぱりルポーでしたか」

「ええ」

「それはヴィンテージ・ヴァイオリンなのか」

海埜は訊いた。

「ルポーはフランスのストラディヴァリと呼ばれた名匠です」

「だが違うんだな」

「もちろん違います。本家ストラドに比べると、一世紀ほど〈若い〉ものです」

この間に団員の控室の捜索が進められた。女性奏者の控室は、やって来た女性警官たちが担当した。私物を含め、ヴァイオリンを隠せそうな場所は全て調べられた。

一人の捜査官が急ぎ足でやって来た。

「テーブルの上に小型のナイフが何本も出しっぱなしになっている部屋がありました。

針金や細かい木片のようなものも散乱しています。ひょっとして犯行に関係あるのかも知れません」

「何だと⁉」

ステージマネージャーを呼んで、至急部屋の主《ぬし》を確かめた。

「木管楽器たちの控室ですね」

オーボエ二人、クラリネット二人の計四人で使っている部屋だという。

四人を呼んで問いただした。

「あなたがたの控室から、ナイフや針金が何本も見つかったのですが、一体何をしていたのですか」

「リ、リードを削っていました」

播磨《はりま》という名前のオーボエの首席奏者が、焦った顔で答えた。さっき演奏に先立ってチューニングのA音を出した男である。

「リード？」

「ケーンという葦《あし》の一種を削って作るもので、楽器の吹き口につけます。オーボエは二枚のリードを使うダブルリード楽器でして……」

「では針金は一体何に？」

「け、削ったリードを楽器に巻き付けて、開き具合を調整するんですよ」

「それは本番前の控室でやらなくてはならないことなんですか?」

「伯父さん」

いつの間にか近寄っていた瞬一郎が口を挟んだ。

「リード製作はオーボエ奏者の性《さが》みたいなものです。武藤さんは麻酔薬で眠らされていたわけですし、ナイフも針金も関係ないと思いますよ」

本当にそう言い切れるのか?　ナイフで脅して麻酔薬を嗅がせた可能性はあるぞ?　と思ったが、どちらにしても、証拠が出てこない以上はどうしようもない。

そのまま全員の楽屋が調べられたが、結果として、どこを探しても〈エッサイ〉は見つからなかった。

「もちろん楽器ケースの中も全て確認したんでしょうね?」

瞬一郎が確認する。答えはもちろんイエスである。


――――


「こうなると捜査範囲は……」

堂島が上目遣いで同意を求めて来た。

「うむ。お客さんにも広げる必要があるな」

海埜は頷き返した。

お客さんを疑うのは心苦しいが、この際綺麗ごとは言っていられない。と言うか現実問題として、武藤麻巳子を眠らせてヴァイオリンを奪うだけの時間的余裕が、オーケストラの団員にあったとは考えにくく、ついさっき客席から舞台裏の控室に簡単に行けることを自分で体験したばかりの海埜からすると、むしろ本ボシは客の中にいる可能性が強いようにも思われる。

ただオーケストラの団員や裏方、劇場関係者だけならば、仮に濱田や川井、ステージマネージャーやリブラリアン——海埜も今日初めて知ったのだが、楽譜などを管理する裏方職だという——などを含めたとしても、せいぜい容疑者は一五〇人程度に収まるのに対し、この会場の客席は一八〇〇、捜査範囲を拡大するとなると、超満員だったことが災いして、一気に一八〇〇人容疑者が増えてしまうことになるのだ。だからできれば楽屋やステージのバックヤードのどこかで〈エッサイ〉を見つけられることを希《ねが》っていたのだが——。

だが見つからなかった以上は、やるしかない。

とりあえず詳細は告げず、会場内で重大事件が発生したこと、みなさんの荷物を改めさせて頂きたいことを告げた。もちろん歓迎はされる筈もないが、皆さんがすみやかに家路に就けるようにするためにはどうしても必要なことであり、協力してもらいたい旨を、舞台上からPAを使って海埜が噛んで含めるように説明すると、幸いにもそれ以上の騒ぎには発展しなかった。あるいは隣で仁王立ちしていた堂島の魁偉《かいい》な容貌が、ものを言ったのかも知れない。

座席表を拡大コピーしたものを捜査員たちに渡し、お客さん一人一人に、それぞれの座席に住所氏名を記入してもらう。救急車で運ばれた武藤麻巳子の容態はわからないが、これは盗難事件であると同時にれっきとした傷害事件であり、容疑者全員の素性と連絡先を把握しておくのは至極当然のことだ。社員証や学生証、それらがない場合は免許証や健康保険証など、記入された内容が確認できるものを提示してもらい、それからやっと荷物検査に移る。

レッスンや学校の帰りなのか、ヴァイオリン・ケースを持っている音大生や音大付属高校生たちも少なからずいたが、ケースの中味は、もちろんクレモナの名器とは似ても似つかぬモダン・ヴァイオリンだった。

客席と並行して、バックヤードの捜査も継続されている。狡猾《こうかつ》な犯人が、盗品を自分の周囲に置いているという保証はどこにもない。仮に犯人が劇場関係者だった場合は、会場内のどこか意外な場所に隠しておいて、ほとぼりが冷めた頃に自分のものにするという手口も考えられる。そこでホールの支配人室、廊下のゴミ箱、舞台機構の細部などもしらみつぶしに調べられた。瞬一郎がイタリア語の通訳を買って出て、さきほど華麗な棒さばきを見せた指揮のマルコリーニ氏の楽屋も捜索の対象になった。

まさか世界的指揮者がとは思うものの、先入観は捜査の敵だ。一人たりとも例外を作ってはいけない。

だがやはりどこからも、〈エッサイ〉が見つかることはなかった。

最低でも時価数億円は下らないというヴァイオリンの名器が、大きな密室とも言えるコンサートホールから、正に煙のように姿を消してしまったのだ。

―――

さすがの瞬一郎も唸《うな》っている。

「イスラエル・フィルの創設者としても知られる名ヴァイオリニストのブロニスラフ・フーベルマンが、カーネギーホールのリサイタルで、ストラディヴァリウスを楽屋に置いてデル・ジェズで演奏して戻ってみると、置いていたストラドが盗まれていた事件は結局迷宮入りし、その楽器〈ギブソン・エクス・フーベルマン〉はその後五〇年間行方不明になりました。だがあれは第二次大戦前の話であって、その頃とは監視カメラなどのセキュリティ技術が比べ物にならないほど発達した二十一世紀の日本で、まさかこんなことが起きるなんて……」

海埜もほぼ同感だ。犯人は魔法を使ったとしか思えない。

「注射器、またはそれに類するものは見つかっていませんか?」

瞬一郎が虚《うつ》ろな目を向けながら言った。

「犯人が武藤さんを眠らせるのに使った筈なんですが」

「そっちの方が早道かも知れないな」

海埜は頷いた。犯人は〈エッサイ〉を匿《かく》し持っている。そう思って目立つヴィンテージ・ヴァイオリンを探して来たわけだが、それは一旦諦めて、注射器を探すことに重点をシフトさせる方が良いかも知れない。仮にそれで犯人が特定できたなら、ヴァイオリンの在《あ》り処《か》を吐かせれば良いのだから――。

さっそく堂島が、部下たちを呼んで確認した。

だが残念ながらこれまた空振りだった。注射器や注射針の類《たぐい》は、その破片らしきものも含め、一切見つかっていないという報告が返って来ただけだった。

「もし犯行に使われたのが、噴霧式のケミカルメスだったら、暴漢に襲われた時などに女性が自衛するための、小型の口紅そっくりの形をしたものなんかも今はありますよ」

「そんなものがあるんですか？」

それに耳を留めた堂島が、改めて女性捜査員たちを集めて説明を加えた。制服姿の女性捜査員たちは、再びクモの子を散らすように走って行った。

「本当にあの二つ以外に出入口はないのですよね」

諦め切れない海埜は、ホールの支配人に改めて訊いた。支配人は武藤麻巳子の楽屋前にもいた例の七・三分けの背広の男で、杉原《すぎはら》という名前だった。捜査員たちの連絡場所として支配人室を開放するなど、これまで捜査には一貫して協力的だった杉原だが、何故かここで急に気まずそうな顔になった。

「いいえ、それが……」

「え、ひょっとしてあるのですか？」

予期せぬ反応だ。海埜は色めき立った。

「実は……大型の楽器なんかを搬入するための特別な出入口があって、そこには監視カメラもついていません」

「何だ、それを早く言ってくださいよ！」

海埜は目を剝いた。

「ですがそこは、厳重に鍵がかかっていて開かない筈なのです」

杉原は背広のポケットから、白いハンカチを出して額《ひたい》の汗を拭った。

「とりあえずそこに案内して下さい」

「はい」

搬入口は楽屋の奥の方にあった。床面までシャッターが下りている。周囲に人気《ひとけ》は全くない。

早速シャッターに手をかけてみたが、ぴくりともしない。

「この向こうは？」

「駐車場です。トラックを横付けにして、ティンパニやハープなど、団員が個人では持ち運べない大型の楽器をここから入れるのです」

ようやく犯人の手口らしきものが見えて来た。さてはここか――。

関係者も客も、誰一人姿を消していないのに、〈エッサイ〉だけが煙のように消えたのが不思議だったが、外に共犯者を待たせておいて楽器だけ手渡すと、内側から再び施錠して自分は何食わぬ顔で持ち場に戻ったのだとすれば、謎は解ける。

言われてみればなあんだという感じだが、一見不可能犯罪に見えるものでも、手品と同じで種がわかれば、実に単純なトリックということも多いのだ。

だがそうなると、もう〈エッサイ〉は、どこか遠くへ運ばれてしまった後ということになるのであり、ますます今日この場で犯人を特定してその行方《ゆくえ》を吐かせなければ、二度と取り戻せなくなるのではという焦りを覚えることもまた事実である。

「ここの鍵は？」

杉原に訊いた。

「守衛室に厳重に保管されている筈です。搬入の時は二人いる守衛の一人が立ち会い、守衛が鍵を開けます。楽器を入れた後は、また守衛が鍵を閉めます。出演者や搬入の業者には、鍵は触らせない決まりになっています」

海埜たちは守衛室に再び急いだ。

「えっ？　楽器の搬入の時ですか？」

搬入時に立ち会ったのは、年輩の濱田の方だった。濱田は素っ頓狂《すとんきょう》な声を出した。

「もちろん何も変なことはなかったですよ。いつものように楽器を入れて、業者や裏方さんたちが手分けしてステージ上に運んで、シャッターを下ろして鍵をかけて、それで終わりです。それにそもそも搬入は今日のお昼前、幕があがる六時間以上前のことですよ？」

「もちろん搬入時は関係ないでしょう」

海埜は頷いた。開幕前に〈エッサイ〉が確かに武藤麻巳子の控室にあったことは、自分がこの目で確認している。盗まれたのは自分たちが彼女の控室を去ってから、プログラム一曲目の『エクローグ』が終わるまでの三〇分程度の間のことなのだ。

「ですから伺いたいのは、搬入口の鍵の管理についてです。本日の搬入の後、シャッターに鍵をかけましたか？」

「もちろんです」

濱田は自信満々に答える。頭には白いものが多く交じっているが、鍛えているのか身体はがっしりしている。少なくともまだ惚《ぼ》けている様子は全くない。

「確かですか?」

「確かです。念のためシャッターが開かないかどうか、自分で持ち上げてみましたから。毎回確認のためにそうすることにしているのです」

「その後鍵は?」

「そのままこの部屋に持ち帰り、その後はそこに掛けて、常に目の届くところにありましたよ。ほら、今もそこにあります」

　そう言って壁の鍵掛けを指差す。何本もの鍵が並んだ鍵掛けには小さなシールが貼ってあり、なるほど【搬入口】と書いてあるフックには、頑丈そうな鍵がぶら下がっている。

「僕もそれは時々確認していました」

　若い川井もそれを裏付ける証言をした。

「職業柄、定期的に鍵掛けに視線を送る癖がついています。鍵掛けの鍵は、一本たりとも無断で持ち出されたり無くなったりなどしていません」

　信用して良いのだろうか? 濱田のミスを、若い川井が庇《かば》って口裏を合わせているという可能性は? あるいは二人とも、犯人と通じているという可能性は?

　さらにはズバリ、守衛二人が犯人という可能性は?

「鍵が一本だけでは、万が一の時に困るでしょう。マスターキーのようなものはないのですか？」

「それは金庫に入れてあります」

そう言って部屋の奥のダイヤル式の金庫を指差す。

「あるかどうか、確認して下さい」

「承知しました」

すると濱田と川井が二人ぴったり並んで立ち、背中で視線を遮るようにして金庫を開けた。たとえ相手が警察でも、開けるところは見せたくないということだろうか。だがそれもポーズかも知れない。

金庫の扉が開くと、二人は身体の位置をずらして中を見せた。そこには鍵の束が仕舞ってあった。

「これがそうです」

その中の一本を濱田が取り上げて示した。

「では、知らない間に合鍵を作られた可能性は？」

「それもちょっと考えられません。搬入の時は常に私か川井のどちらかが立ち合い、業者にも出演者にも鍵は触らせませんので」

杉原と同じことを言う。

「とりあえずその二本の鍵を試してみましょう」

鍵自体がすり替えられている可能性を考えた。海埜は手袋を嵌《は》めた手で――犯人の指紋がついている可能性もあるので――合鍵を受け取り、さらに鍵掛けにかかっていた一本を、間違えないように反対の手で持つと、搬入口へと向かった。

「鍵穴はどこですか」

「そことそこです」

濱田がシャッターの下部、左右二箇所を指差す。

まず鍵掛けにあった鍵を差し込んで回すと、開錠される音がした。手をかけて引き上げるとシャッターは、がらがらと大きな音を立てながら開いた。

これで鍵が本物であることは確かめられた。

続いて金庫の中にあった合鍵を試す。

やはり同様、本物だった。

「あの二人は、ここに勤めて何年ですか?」

再び施錠し、廊下を歩いて守衛室に戻る途中で、海埜は杉原に小声でそっと尋ねた。

「二人とも開館以来、ずっと勤めてもらっています」

「ずっとと言っても、まだこのホールは開館して五年ほどですよね」

「そうですが、二人とも元々は大手の警備会社にいた人間で、信頼できる人間です」

「そうですか……」

海埜はちょっと失望しながら答えた。犯人の手口がわかったと一瞬思ったのだが、それはぬか喜びで、再び袋小路に入ってしまったようだ。〈エッサイ〉を外部に持ち出すならば、唯一監視カメラのない搬入口を通す以外に、手段はないと思われるのだが――。

6

女性奏者たちの控室を改めて調べたが、口紅型の麻酔薬噴霧器などは見つからなかった。

こうなると女性の観客たちの化粧セット等を改めて調べる必要が生じるわけだが、これまた難航しそうで先が思いやられる。

ただ朗報もあった。

一緒に救急車に乗って病院に付き添った女性捜査官から、武藤麻巳子の容態について一報がもたらされたのだが、強力な麻酔薬で眠らされていただけで、命に別条はないという。それを聞いた瞬一郎は、ようやく一安心という表情をした。

一方オーケストラの団員たちは、いまだ控室に戻ることも許されず、ステージ裏で不安と不満の入り混じった表情で三々五々屯《たむろ》している。

「もう調べが終わった部屋の者から、順次戻ってもいいでしょう？」

小柴祐樹が、代表して訊きにやって来た。

「せめてオーボエの連中だけでも。あいつら定期的にリードを削っていないと、禁断症状が出て暴れ出すんですよ」

「とりあえず、もうちょっと待ってください」

堂島がスキンヘッドの頭を光らせながらそれを宥《なだ》め、海埜にちらりと視線を送って来た。

「お前は何か、言いたいことはないのか？」

海埜はその後妙に口数が少なくなった瞬一郎に訊いた。

すると瞬一郎はちょっと考えてから、不満げな顔でそのまま近くに佇《たたず》んでいる小柴祐樹の許《もと》に歩み寄ると、おもむろに一つの提案を行った。

「オケのみなさんの不満もわかりますが、ここでただ立って待っているのもつまらないでしょうし、お客さんも皆さん以上に不満を感じているわけですから、今すぐステージに戻って、とりあえず一曲演《や》るというのはどうですか？」

「えっ？　演るって、演奏をですか？」

小柴祐樹は、虚を衝《つ》かれたような様子で瞬一郎の顔を見上げた。

「ええ、音楽会を楽しみに遠路はるばる詰めかけたのに、こんなことになってしまって、足止めに持ち物検査までされて踏んだり蹴ったりのお客さんに、それくらいサーヴィスしてもバチは当たらないでしょう?」

「もちろんそうしたいのは山々ですが、でも、いいんですか?」

「いいですよね、伯父さん」

瞬一郎は振り返って海埜を凝《じ》っと見る。小柴祐樹も嘆願するような目を向けている。

海埜は頷いた。

「ああ、こちらは構わないが。ただその間も控室や場内の捜索は続けさせてもらうが」

「もちろんいいですよね、それで」

瞬一郎が言葉を向けると、小柴祐樹はそれまで曇っていた顔を一気に輝かせた。場内に警察官が大勢いるから大きな騒ぎに発展してはいないものの、観客たちの不満の声の一部は、さっきから舞台裏まで聞こえて来ている。瞬一郎に言われるまでもなく、小柴自身コンマスとして、折角詰めかけてくれた満員のお客さんに、このままでは申し訳ないと気に病んでいたのだろう。

「だけど曲はどうしよう。メインのブラ四をとりあえず演《や》ることにするか……」

「でも今ステージ上にあるのはベトコンの楽譜ですよね。これからブラ四を演るとなると、リブラリアンが楽譜を全部交換するのに、また数十分はかかってしまうのでは？　それよりは、今すぐ演奏できるものの方が良いですよ」

「だがすぐに演奏できるものと言っても……」

「『弦セレ』の第一楽章、ペッツォ・イン・フォルマ・ソナティーナなんかどうです？」

瞬一郎が提案すると、小柴祐樹は再び顔を輝かせた。

「なるほど、確かに『弦セレ』ならば、弦セクションだけでできるし、みんな暗譜しているかも知れないな」

小柴祐樹が楽団員たちの許に早足で戻って行く。

「ちょっと弦セクションのみんな、集まってくれ」

その声に集まった四〇人ばかりの間で話し合いが始まった。最初小柴は弦セクションの人間だけに声をかけたわけだが、他の団員たちがそれに目を留めない筈はなく、いつの間にか全団員がそのまわりに集まっていた。

その結果、今すぐステージに戻って一曲演奏することに関しては、満場一致の賛成を見たものの、曲目に関しては不満を漏らす団員も中にはいた。

「やっぱり全員が参加できる曲の方が良いんじゃないですか？」

ビリケンのように短髪を立てた、まだ二〇代と思われる若い団員が言った。手ぶらなので金管奏者か何かだろうか――。

それを見て、少し離れたところにいた瞬一郎が強い口調で言った。

「コントラバスは参加するじゃないですか！」

この男が声を荒らげるのは珍しい。

「ええ、だ、だから俺は良いですけど、ほ、他の人たちが……」

その口調の激しさに、ビリケンは狼狽したような顔で首を竦めた。

その一言が効いたのかどうかわからないが、今この瞬間にも待たされているお客さんのためにも、とにかく早く演ろうという声が最終的には大勢を占めた。

会場内に演奏のことがアナウンスされると、不満が極限まで達しつつあった客席から、歓声がわっと上がった。団員たちは演奏ができる喜びを満面の笑みで表しながら、ステージに戻って行く。その姿に客席からは、改めて大きな拍手が巻き起こった。

とりあえず今はやることもないので、海埜も瞬一郎と一緒に自分の席へと戻ることにした。

「なかなか良い提案だったな」

感心しながら言ったのだが、何故かその本人は、浮かぬ顔をしている。

「上手く行くと良いんですがね……」

「それはそうと、何故さっきの若い男がコントラバス奏者だとわかったんだ？　奴のことを知っていたのか？」

「いや知りません。指を見ただけですよ。オーケストラの奏者はそれぞれ担当楽器によって、特徴的な指をしていますから。コントラバスはヴァイオリンよりもはるかに指を伸ばさないと弾けませんから、右手に比べて左手の指が長くなります。そして音に偏頗《へんぱ》が出ないように弾いているうちに、左手の指の太さがほぼ均等になるんですよ」

「へえー」

するとあの男は、全員が何かに合意しそうになると異を唱えたくなる、単なるひねくれ者だったということか――。

「ところで弦セレとは何だ？」

「チャイコフスキーの『弦楽セレナーデ　ハ長調』の略ですよ」

「どんな曲？」

「聴けばすぐにわかりますよ。テレビCMとかにも使われたから」

それだけ言うと口を噤《つぐ》んでしまった。何だかさっきから、いつにも増してそっけない。

そこで海埜も前を向いて、演奏を聴くことに集中することにした。

自主演奏ということで、指揮者のマルコリーニ氏は登場しなかった。そもそも今回マルコリーニ氏はイタリア人の婚約者を連れて来日しており、控室内の捜索に協力してくれた後は、我関せずとその彼女と二人で控室に籠ってしまって、一度も部屋の外に出て来ていない。

ヴァイオリンを構えた小柴祐樹が、無人の指揮台のすぐ脇に立った。その彼がダウンで弾き下ろすボウイングを指揮者のアインザッツの代わりとして、曲がはじまった。

冒頭の弦楽器の総奏《トゥッティ》を聴いた瞬間、ああこの曲かと海埜は思った。確かにCM等で聞いたことがある。表題通り、弦の響きがよく味わえる曲である。それも幾重にも重ねられた分厚い響きだ。

小柄な小柴祐樹は立ったまま弾き続け、あのビリケンのような髪形の男は、口をちょっと尖らせながら、コントラバスの最後尾で忙しく弓を動かしている。彼等弦楽奏者は、休みなく弾きっぱなしの大忙しだが、金管奏者や木管奏者たちは全く出番がなく、ただ手持無沙汰そうに椅子に座っているだけである。それでも一緒にステージに上ったのは、こんな緊急事態の真っ只中だから、敢えてオーケストラとしての一体感を示すためか。それとも薄暗い舞台裏で立って待つよりは、はるかにマシだからか——。

冒頭の旋律が反復され、一〇分程度で曲は終わった。ぶっつけ本番の演奏にしては、見事な出来栄えだと海埜は感心した。弦の深い響きが堪能できた。これは日常的に高いレベルで鍛錬を繰り返している証拠だろう。大きな拍手が鳴り響く中、最後まで立ったまま弾き続けた小柴祐樹が、客席に向かって深々と頭を下げた。

ところがその拍手が鳴り止まないうちに、客席でいきなり立ち上がった男がいた。瞬一郎だ。そのまま通路を前に進むと、何とそのまま舞台脇からステージ上に駆け上がってしまった。

瞬一郎の奇行には慣れている筈の海埜も、さすがにあっけに取られていると、座っているヴァイオリン奏者たちの中にずんずん分け入って行き、奏者を計三人、次から次へと指差した。

「そことそこの三人、そのままその場を動かないように！」

いずれも後方の座席で演奏していた女性奏者たちである。指を差され、三人とも、顔面蒼白で動けずに固まっている。

それから瞬一郎は、客席の海埜の方を振り返って言った。

「伯父さん、〈エッサイ〉が見つかりましたよ」

ルポーを片手に提げた小柴祐樹が、それを見ながら声を絞り出した。

「三人娘……一体これは、どういうことなんだ⁉」

7

武藤麻巳子の控室から、お目当てのものを自分たちの控室に持ち帰った私は、すぐさま作業に取り掛かった。

これが〈エッサイ〉か――。

惚れ惚れするほど美しい。表板と裏板表面の彎曲《わんきよく》は、楽器の強度を高めつつ、同時により豊かな共鳴をも生み出すが、師匠のアマティのようにこれみよがしに膨らんでいるわけではなく、抑制が利《き》いている。一方胴体の深い切れ込みは、時に女性の身体の曲線にも譬《たと》えられるが、元々は端のE線やG線を弾いた時に、弓が胴体とぶつからないようにするための現実的な理由によるものである。そして天然の巻き貝さながら、完璧な黄金比を内包する最上部の渦巻き《スクロール》。ストラディヴァリと並び称されるグァルネリのデル・ジェズは、スクロール等音質に直接関係のない部分は露骨に手抜きをしたけれど、ストラディヴァリウスはこの部分だけを取っても超一流の美しさで、ハッブル宇宙望遠鏡で見たはるか遠くの銀河を髣髴《ほうふつ》とさせる。f字孔の上下で分けると、ちょうど黄金分割になるそのバランス。さらに表板の輪郭に沿って端から一センチ弱のところに施された象嵌《パーフリング》――楓《かえで》などの白い木材を、薄く切り出した二枚の黒檀でサンドイッチにした三層からなる木片を、溝を掘って埋め込んだもの――は、工芸品としての風格を高めながら、傷や割れ目ができた時に、それがそれ以上内側に進行するのを防ぐ役割を担う。

そう、この楽器はただ美しいだけではない。その形その細部すべてに、ちゃんとした意味があるのだ。

現在のヴァイオリンの形が初めて生まれたのは、一五六四年にアンドレア・アマティが、フランスのシャルル九世の宮廷——ということは実質的な統治者は母のカトリーヌ・ド・メディシスだったということだが——の注文で、新しい弦楽器を製作した時だそうだが、それから四五〇年以上の年月を閲《けみ》した今でも、その基本構造が当時と全く変わっていないことには愕かされる。ローベルト・シューマンは自分の許を訪れた二〇歳のヨハネス・ブラームスを、ゼウスの頭から完全武装した形で生まれた女神アテナに譬えたが、それと同じように、この楽器は初めから完全な形で世に現れたのである。

おっと、ゆっくり眺めている暇はないのだった。全てを済ませるまで、時間的な余裕は三〇分しかない。一刻たりとも無駄にはできない。

私は〈エッサイ〉の表板と側板、側板と裏板の間の継《つ》ぎ目に、注射針を挿《さ》して中味を注入した。

中味はアルコールだ。

世間の人はヴァイオリンを、ああいう形をした一かたまりの物体として認識していることだろうが、実際には大きく分けて表板と側板、裏板という三枚の木片を、ボックス型に組み合わせたものにすぎない。表板は強度を増すために力木《バスバルケン》と呼ばれる板で裏打ちされているし、裏板も柾目《まさめ》材を使って二枚継ぎになっている場合があるが、大きく分けてこの三つの部分と言って間違いはない。楽器上部に突き出したネックと渦巻《スクロール》きの部分を別個に数えれば四つになるが、それらは基本側板に差し込まれて一体化している。

そしてこれら三つの部分を接合させ、楽器の形に保っているものがニカワだ。これは動物の骨や魚の皮などを煮出したものを固めて作る、いわば天然の接着剤である。アルコールはそのニカワの接着力を失わせる働きがある。継ぎ目になるべく万遍なくアルコールを注入して、湯気に当ててやる。さっきから私の横で世理子が電気ポットの再沸騰ボタンをひっきりなしに押しているのは、お茶が飲みたいからではもちろんない。

ヴァイオリンに湿気は大敵だから、蒸気はニカワの部分にピンポイントで当ててやる必要がある。それ以外の箇所についた水分は、乾いた布ですぐに拭き取る。湯気が直接手に当たると火傷するから、気をつけないと。やがてニカワがやわらかくなると、絵画で使うパレットナイフを継ぎ目に差し込み、さらにもう一枚、もっと刃の薄いナイフを入れて、ゆっくりと前後に動かす。ニカワがまだ固いところは、再び湯気に当てる。この作業を慎重に繰り返す。

ヴァイオリンが少しずつ分解されて行く。よし、大丈夫だ。この日のために、ヴァイオリンの修理工房に弟子入りして、一年間休日を全部潰してみっちり学んで来たのだから——。

約一〇分後。

私の前には〈エッサイ〉が、さっき言った三つの部分——表板と裏板とネックや渦巻き《スクロール》付きの側板——に分解されて並んでいる。

ちょうど釣った魚を三枚におろしたような状態で、知らない人がこの光景を見たらびっくりすることだろうが、別にとんでもないことをしているわけではない。これは〈表板を開ける〉と言って、ヴァイオリンの分解修理工程の一つに過ぎない。楽器の一部が損傷して修理が必要な時はもちろんだが、中の力木や魂柱《シュティムシュトック》などを交換する時も、こうやってヴァイオリンは分解される。またトーンボールと言って、f字孔から入り込んで少しずつ集積したホコリが、楽器の中でまるで阿《あ》寒湖《かんこ》のマリモのように丸まって音色に悪影響を与えている場合に、それを取り除くために〈表板を開ける〉ケースもある。

またこんな風に人為的に〈表板を開け〉なくても、古くなったニカワは自然に剝脱することがある。気温や湿度の変化が激しい時期に、弾いていて響きがちょっと抜けているなと感じたら、それは大抵の場合、表板か裏板のどちらかと側板の間のニカワが自然に剝脱して、目に見えない程度の狭い隙間が開いていることが多いのだ。

そう、別にとんでもないことをしているわけではない。ここまでは——。

とんでもないことをするのはここからだ。

実は私たち三人娘のヴァイオリンもまた、あらかじめ同様の過程を経て分解してある。私のヴァイオリンは裏板が、世理子のは表板と裏板の両方が、瑠衣《るい》のは表板が外してある。

これからそのヴァイオリンに、〈エッサイ〉のそれぞれ一部を取り付けて行く。つまり私は裏板、世理子はネックや渦巻き付き《スクロール》の側板、瑠衣は表板と、三人で〈エッサイ〉のそれぞれ1／3ずつを、自分のヴァイオリンの一部とすり替えて持つわけだ。

どう？　天才的なアイディアだと思わない？

そのために、あらかじめ〈エッサイ〉のサイズや色、木目の模様などを徹底的に調べ上げ、三人の貯金をはたいて、色も形もそっくりでヴィンテージ仕上げを施した中古ヴァイオリンを三挺用意したのだ。〈エッサイ〉が武藤麻巳子に貸与されることが決まり、彼女がそれでウチのオーケストラと共演することが決まってから、急いで用意するのにざっと三〇〇万円ほどかかったが、無事に〈エッサイ〉が手に入れば、最低でも軽くその一〇〇倍にはなるのだから、先行投資としては、微々たるものだ。

ストラディヴァリの製作時期は、大きく四つ――人によっては五つ――に分けることができる。

まず師のアマティの様式を踏襲して、優美な音を求めた初期。この時期の楽器のボディの全長――ネックの部分を含まない長さ――は、アマティと全く同じ三十五・五センチ。その後、ダ・サロを開祖とし、マッジーニが発展させたブレッシャ派に対抗するため、一六九〇年頃からロングパターンの時期が来る。アマティの優美な高音を保ちつつ、ブレッシャ派の力強い低音を求めて全長を八ミリほど長くしたものだ。今でこそヴィンテージ・ヴァイオリンと言えば、ストラディヴァリやグァルネリらクレモナ派の一人勝ちという様相を呈しているけれど、当時はブレッシャ派やチロル派など、さまざまな流派が鎬《しのぎ》を削っていたのだ。

だがその後一七〇〇年頃に始まる黄金期には、全長は再び初期の三十五・五センチから、長くても三十五・七センチ程度に収まることになる。ロウアーバウトが広く、楽器中央のくびれがより深くなる。

一七二七年製の〈エッサイ〉は、黄金期のさらに後、一七一七年頃からはじまるストラディヴァリ円熟期の作品で、全長はぴったり三十五・五センチ。ロウアーバウトの幅も標準の二十一センチだから、ぴったり合う楽器はそれこそこの世に、掃いて捨てるほど存在する。肩の膨らみ方や胴のくびれ、側板の幅に関しても問題ない。ヴァイオリンの側板の幅は実は胴の上と下では同じではなく、下の方がわずかに広いのだが、その膨らみ具合も同一なものを、難なく見つけることができた。

と言うか後代の製作者たちが、内枠法あるいは外枠法という違いこそあれ、ストラドモデルなどと言いながらみんなこぞってストラディヴァリウスの寸法や形を真似し、時には本物をそっくりそのままコピーした型枠に沿って木を曲げて製作しているのだから、ぴったり合うのが見つかるのは当たり前のことなのだ。逆に名器だからこそ、全く同型のコピーが容易に見つかるとも言える。

えっ？　だけどそんなつぎはぎだらけの楽器じゃ、すぐにバレるだろうって？

とんでもない。ヴィンテージ・ヴァイオリンなんて、元々つぎはぎだらけなのよ。

そもそもストラディヴァリウスの本物と言っても、大抵ネックの部分は後代に継いで長くしてあるか、そっくり付け替えられている。ネックまで製作当時のオリジナルのまま残っているストラディヴァリウスなんて、ほとんど未使用の〈メシア〉を除くと、一七〇〇年製の〈ドラゴネッティ〉くらいのものだ。ましてや駒とか糸巻き《ペグ》とか、そういう細かい部品に到っては、もう何十回と取り替えられていると考えるべきなのだ。

もちろんやって来る警察は、私たちオーケストラの団員全員の楽器を改めることだろう。私物も全て調べて、何一つ見逃すまいとするだろう。

だが私たちのこの大胆なやり方には、決して気付かないことだろう。まさかあたしたち三人の楽器の一部だけが、歴史的な名器とすり替わっているなんて。もちろんわからないなりに、f字孔から楽器の中を覗いたりして、内部に貼られた銘紙を確かめようとする捜査員はいることだろうが、〈エッサイ〉の銘紙の上には、やはりニカワで、モダン・ヴァイオリンから丁寧に剥がした銘紙を既に貼りつけてある。

ニカワは日本画で顔料を定着させる媒材《メジウム》としても使われるから、画材店などで簡単に手に入る。鼈甲《べっこう》の櫛《くし》のような飴《あめ》色の光沢を放つ棒状のニカワに水を足して湯煎して、再び液状にして使うのだ。その温度はズバリ八十二度。これより低温だとニカワは上手く融けてくれず、これより高温だとニカワは傷んで接着力がガタ落ちになる。

まず瑠衣のヴァイオリンに、〈エッサイ〉の表板を取り付けた。

全く違和感のない一挺が出来上がった。

それもその筈、ヴァイオリンの表板は、柔らかいスプルースの、木目がまっすぐなものという絶対的な約束事がある。振動を面全体に素早く伝えるためには、木目がまっすぐなことが最重要事項だからだ。だからストラディヴァリウスだろうがモダン・

ヴァイオリンだろうが、表板を見ただけではほとんど区別はつかない。せいぜいニスが古ければモダンではなくヴィンテージ・ヴァイオリンだろうという当たりがつくくらいだが、いくらでも古く見せかける仕上げ方はある。あたしたちの楽器に施してあるヴィンテージ仕上げがそれだが、さらにはアンティーク・フィニッシュと言って、ニスのひび割れ等を人工的に作ることだってある。

世理子が持つことになる側板も問題はない。

問題は私が担当する裏板だ。

裏板はスプルースではなく硬い楓を用いるが、こちらは美しい木目模様などをわざと見せることが多い。ヴァイオリニストは常に表板を見せるように楽器を持つ習慣が身についているが、鑑定や評価の現場でのヴァイオリンの顔は、実は裏板なのだ。ただ幸いなことに〈エッサイ〉の裏板には、木目に垂直に走る模様《ハーゼフィヒテ》や鳥目杢《もく》、虎目杢などの、一目見てそれとわかるような特徴はない。あらかじめそのことを知っていたからこの計画を思いついたのだ。

この日のために私はわざと、ネックの渦巻き《スクロール》に特徴のある楽器を使い、事あるごとにコンマスの小柴さんの目に入るように仕向けて来た。もし楽器を改める役が小柴さんならば、一目見ただけでこれは二宮の楽器だと判断してくれることだろう。

それでも一番リスクが高いことは間違いないので、私が裏板を引き受けたのだ。世理子や瑠衣にリスクの高い部分を任せるのは危険だ。小心者の彼女たちは、刑事が楽器をしげしげと見ている時などに、そわそわしたり顔色を変えたり、挙動不審になりかねない。

堂々としていれば良いのである。私たちの楽器をいくら穴が開くほど見ようとも、その一部だけがストラディヴァリウスとすり替わっていると見抜ける眼力のある刑事など、この国にいるわけがないのだから。そんなに芸術の裾野が広かったら、この国はこんな文化軽視国にはなっていない。

いや刑事だけではない。専門鑑定人だって騙す自信はある。そもそもヴァイオリンの鑑定人であることを保証する公的な資格は世界のどこにも存在しない。みんな自分の経験だけで鑑定しているのに過ぎない。いくら〈専門家〉でも、〈エッサイ〉を日常的に目にしているわけではない人間に、このトリックを見破れる筈がない。

だがそれでもまだ、こんな疑問が残ることだろう。

それではそれぞれ、すり替えた部分が余ってしまうのではないか？

分解したヴァイオリンの一部分が見つかったら、いくらボンクラな警察でも、さすがにトリックに気付くのではないのか？

正論だ。確かにそれらの処理が上手く行かず、余ったヴァイオリンの一部が見つかってしまったら、それは警察にとって大大大ヒントになってしまうことだろう。私のこのトリックは、さっきも言った通り、〈ヴァイオリンとはああいう形をした一かたまりの物体である〉という思い込みを利用するものだからだ。分解された一部が見つかった時点で、その思い込みは霧散してしまうことになる。

そしてこの会場内では、小さな木片一つ、処分するのが難しいことも事実だ。どこかに捨てても警察が隈《くま》なく捜索したら見つかるだろうし、楽屋でうっかり燃やしたりして、火災報知器が鳴ったらその時点でアウトだ。仮に何とか燃やすのに成功したとしても、燃えかすの処理だって簡単ではない。

だが大丈夫。逆転の発想だ。完全な形をしたヴァイオリンだったら逆に怪しまれない。

なにしろここは、オーケストラの楽屋なのだから。

つまり余った部分、私のヴァイオリンの裏板、世理子の楽器のネック付きの側板、瑠衣の表板をやはりニカワで接合して、寄せ集めの新たな一挺を作ってしまうのだ。ヴァイオリン奏者の楽屋に、もう一挺ヴァイオリンが置いてあったところで、何も怪しくない。

そのための準備も万端、わざわざ空のヴァイオリン・ケースを一つ余分に持って来てある。万が一、ほんの少し気の利いた刑事がいて、どうしてもう一挺あるのですかと質問して来たら、メインで使っている楽器の鳴りがこのところあまり思わしくないので、予備でもう一挺持って来たんですと答えれば良い。実際、かつてカーネギーホールでストラディヴァリウスを盗まれたかのフーベルマンのように、二挺持ちのヴァイオリニストが会場で両方鳴らしてみて、ホールの音響との相性などから、本番でどっちを使うか決めることは珍しくないのだから――。

8

舞台裏に場所を移して、取り調べがはじまった。海埜は茫然としているコンマスの小柴祐樹に尋ねた。

「さっき三人娘とか言っていたが、あれは？」

「あの三人、二宮比呂美《ひろみ》、関田《せきた》世理子、横山《よこやま》瑠衣のことを、団内でそう呼んでいました。いずれも一昨年、創立以来のメンバーだった三人の奏者が同時に定年を迎えたので、若返りを期してオーディションで採用した二〇代の女性奏者たちです。音楽的にはまだまだ未熟なところもありましたが、元気で楽団のムードメーカーになってくれていたのに……」

そう言って小柄な身体を丸めるように頭を抱えた。

「それで一体、どういうことなんだ？」

今度は瞬一郎に説明を求めた。

「ですから、信じられないくらい大胆な犯行手段だったんですよ」

詳しい説明を受けた海埜は愕いた。

「何だと⁉ 分解してそれぞれ一部だけを、自分の楽器に付け替えていただと?」

確かに大胆だ。それではいくらバックヤードや客席を探しても見つからないわけである。十数億円の値がつくかも知れない盗まれた名器は、初めから堂々と彼女たちの手の中に、そして衆人環視のステージ上にあったというのか——。

「そうです。彼女たちは、ヴァイオリンはああいう形をした一かたまりの物体であるという先入観、またいやしくもプロの音楽家が、この上なく貴重なストラディヴァリウスをばらばらに分解したりする訳がないという先入観を利用したのです」

「だがお前は、何で彼女たちだと特定できたんだ?」

それがいまだにわからない。この男はただ自分の席に座って演奏を聴いていただけなのだ。

「それを教えてくれたのはニカワと魂柱《シュティムシュトック》です」

またまたわけのわからないことを——。

「おい、俺にもわかるように説明しろ」

「しているつもりなんですが」

瞬一郎はちょっと憮然とする。

「じゃあ魂柱とはまず何だ？」

「ヴァイオリンの胴体の中に、垂直に立っている木の棒ですよ。表板と同じスプルースの木片で、大きさは直径約六ミリ、年輪が六本入っているのがスタンダードです」

「そんなものが中に入っているのか？　ヴァイオリンの中はがらんどうなんじゃないのか？」

「魂柱以外はがらんどうですよ。これは駒の震動を裏板に伝える役割を果たす重要な部品ですが、表板にも裏板にも接着はされておらず、二枚の板に挟まれて正に楽器の中で〈立って〉いるのです。ただし位置はどこでも良いわけではなく、駒の右足の下二〜三ミリのところ、右側のf字孔の左端と駒の右端と魂柱の右端が、縦にぴったり一直線に揃うように立てるのが決まりです。さらには魂柱の真ん中を水平に横切る線によって、楽器内部の容積も裏板の重さも、均等に二等分されるようにします」

「ふうーん」

「差し込む時はS字形をした専用の器具でf字孔から入れるのですが、分解した〈エッサイ〉のそれぞれ一部を、自分の楽器に付けてまた閉じた大胆不敵な犯人たちも、魂柱を正しくあるべき位置に調整するだけの時間的余裕はさすがになかった筈です。また表板を一度開けた楽器の接着は、本当は幾つものクランプで固定しながら行うのですが、そんなものは持ち込めないだろうし、無事に外に持ち出したらまたすぐに分解できるように、仮留め的に接着しているだけでしょう。かと言って木材を傷める可能性のある瞬間接着剤などを使ったら、その後転売する時に価値が大幅に下がってしまいますから、やはりニカワを使うことでしょう。ゆっくりと木材の繊維に染み込んで、木材の接着断面を引き寄せながら定着するニカワの接着法は、化学接着剤には絶対に真似のできないもので、これもヴァイオリンの音響特性の向上に大いに貢献しているわけですが、その反面乾くのに時間がかかる。だからニカワがまだ完全に乾き切っていない、そして魂柱が本来の位置からずれている音の楽器を探せば良かったわけです」

「それじゃあお前が、一曲演《や》って欲しいと言ったのは……」

「もちろん、弦楽セクション全員の楽器の音を聴くためですよ。チャイコフスキーの弦楽セレナーデを選んだのは、フルオーケストラの曲で金管や木管や打楽器が同時にジャガジャガ鳴っていたら、いくら僕の耳でも、さすがにヴァイオリン一挺一挺の音を聴き分けるのは難しかったからです」

まさか、そんな意図のもとに曲を提案し、納得させていたとは――。

「じゃあ最初の曲が終わって、彼女たちが何食わぬ顔で舞台に出て来た時は、まだ楽器はニカワでくっつけたばかりだったんだな？」

三人娘は最初の小編成の『エクローグ』では出番がなかった。あの曲が演奏されている間も、自由に動けたのだ。

「そうです。でもソリストが人事不省に陥った以上、プログラム通りの演奏は到底できないことは必定《ひつじょう》。これが仮に指揮者だったら、同行している弟子あたりが代わりにタクトを振ることもあり得ますが、コンチェルトのソリストの代わりを急遽見つけるのは、ほぼ不可能ですからね。コンチェルトのソロというのは、そんなに甘いものではない。何週間も前から、その曲に対する身体の関係性の網の目をじっくりと張り巡らせて、初めて弾けるものです」

「関係性の網の目？」

前にも聞いた気がするが、よくわからない――。

「とにかく、僕だってもし事前練習が全くなしで演れと言われたら、絶対に断るということです。従って十中八九コンチェルトは中止。とりあえずメインのブラームスの交響曲四番を演奏することになったとしても、楽団員が一旦退場して、リブラリアンが全員分の楽譜を差し替えたりするのに、やっぱりどうしても数十分はかかってしまう。仮にその間一度でも控室に戻ることができれば、その時に魂柱の位置を正しく調節し直すこともできるし、その後演奏会が再開されたとしても、何食わぬ顔で一時間近く小さな音で演奏するか、あるいは演奏するフリだけでもしていれば、演奏会が終わる頃には、ニカワは完全に乾いて固定化してしまっていたことでしょう。そしてその後自分たちの楽器を一度でもこのホールの外に持ち出すことができれば、彼女たちの目論見《もくろみ》は完全に成功です」

「だからお前は急いだのか」

珍しく声を荒らげて、ビリケンのような髪形のコントラバス奏者を一喝したりしたのにも、ちゃんと意味があったのか――。

「まあそういうことです。ニカワが完全に乾き切る前に、どうしてもヴァイオリン・セクションの音を聴きたかったから」

「だが、どうやってその推理に辿りついたんだ」

この男は、芸術探偵などと言われて既に多くの芸術関連の事件を解決しているが、ただの直観で事件を解くことはない。解決する時には、必ず論理的な裏付けがある。

「最大のヒントは弓でした」

「弓？　弓は盗まれていなかっただろう？」

「だから正に、弓が盗まれていなかったというその事実ですよ。武藤さんの控室で、〈エッサイ〉のすぐ隣に置いてあったのに。あの弓は名匠フランソワ・トゥルテの弓で、今回〈エッサイ〉と一緒に貸与されたものですが、あれ一本で軽く二〇〇〇万円くらいはします」

「あの弓が二〇〇〇万円？」

実際に音を出す楽器が高いのはまだわかる。だが弓はただ、弦に擦《こす》りつける馬の毛を張るための木の棒じゃないのか？

海埜がそんな素朴な疑問を口にすると、瞬一郎は首を横に振った。

「そんな馬鹿な。奏者が直接手で操る弓が、演奏に影響を与えない筈がないでしょう？　いくら楽器が良くても弓が悪くては、良い演奏はできませんよ。やはり木材ですから、ただ適当に形を整えただけでは、当然年輪の詰まっている部分が重く、疎《そ》の部分が軽くなってしまいます。上下左右の重さがちょっとでも偏っていると、長いストロークを弾いた時に弓がブレやすくなりますし、スタッカートで弓を弦の上で弾ませる時なども、指に余計な負担がかかってしまいます。小曲ならいざ知らず、ワーグナーの楽劇のような長い曲を演奏する場合、そうやって徐々に蓄積された疲労が演奏に与える悪影響は決してバカにできない。また伐採した後に乾燥と浸水を繰り返して、湿度による伸縮の幅を小さくするエイジングという工程をしっかり行っていない弓は、使っているうちに少しずつ曲がって来ます。その点、弓のストラディヴァリと呼ばれるトゥルテの弓や、弓のグァルネリと呼ばれるドミニク・ペカットの弓は、先弓から元弓まで完全に均等な重さで、いくら年月が経っても少しのブレもありません」

「ははあ……」

「それなのにそのヴァイオリニスト垂涎《すいぜん》のトゥルテの弓は盗まずに、楽屋に残してありました。もちろん泣く泣く残したんでしょうが、ということは犯人は、ヴァイオリンを一挺忽然と消す手段は持っていたが、弓を消す手段は持っていないという推理が成り立ちます。ブリューゲルの絵の事件の時と同じですね。犯人は何をするかではない、何をしないかによって、重大なヒントを残してしまったのです」

「ああ……」

ブリューゲルの絵の事件。それはこの間起きた、我が国におけるネーデルラント・フランドル絵画の権威が、自宅で変死体で発見された事件のことである。あの時も犯人は、犯人でないならば当然すべきことを、しなかったが故にこの男に疑われることになったのだった。

「それから後は、自分が閉ざされた空間から〈エッサイ〉を盗み出すとしたら、一体どうするかを考えるだけでした。一つ案は浮かびましたが、確証はない。そこで『弦セレ』を演《や》ってもらうことを提案して、ヴァイオリン奏者たちの出す音を自分の耳で確かめようと思いついたんです。もしも音を全く出していない奏者がいたら、それはもう、自供しているようなものですからね。そう思って聴いていると、見事なアンサンブルの蔭に隠れて、ヴァイオリン・セクションの後方でちょうど三挺、かすかながら響きが抜けている楽器があったので、それで推論が確信に変わったんです」

この男のすぐ隣で同じ演奏を聴きながら、弦楽器の一糸乱れぬ美しいアンサンブルに酔いしれていた自分からすると、文字通り耳が痛くなるような話だが、この男の人間離れした耳には、その僅《わず》かな音の変調が聞こえていたというわけか——。

だがまだ、武藤麻巳子を眠らせた方法がわからない。三人娘の私物の中には、注射器のようなものは見当たらなかった。もちろん口紅に偽装した噴霧器等も見つかっていない。

「そうですね。でも大体の見当はついています」

瞬一郎は二宮比呂美が持っていた弓を手に持った。さっき、彼女のヴァイオリンを重要証拠物件として押収した時に、一緒に押収したものだ。

「さっき伯父さんにヴァイオリンを手渡す時、彼女はちらりと弓に視線を落としていました。恐らくはこれでしょう」

そう言いながら、弓の一番端に付いているネジを回しはじめた。

「ここの雄ネジを回すことで、それに組み合わされているアイレットと呼ばれる雌ネジが弓の中で回転して、アイレットに連結しているこの黒い四角の部分、ここが左右に移動して、弓の毛を張ったり緩めたりすることができるのですが——」

言っている傍《そば》から、弓に張られた馬の毛が少しずつ垂れて来た。その黒い四角の部分の正式名称は毛止箱《フロッグ》というらしいが、そこの中央に埋め込まれている、円い真珠貝の象嵌《ぞうがん》がきらきらと光る。

「そしてこの毛止箱《フロッグ》の中には、先弓から延びる馬の毛の先端が、松脂で固められて収納されているのですが――」

そう続けながらなおも回すと、弓の毛は完全にだらんと垂れ下がった。それから瞬一郎が、弾く時に親指を引っかける楕円形の窪みに手をかけて力を加えると、カチリという音がして、黒い四角形の毛止箱が外れた。

すると外れた部分から、尖の鋭い金属性の針が延びていた。どうやら弓の内部が一部空洞になっていたらしい。根本の部分にはスポイト状の容器があり、ボタンのような突起もある。突起を押すことで、中の液体が噴出するのだろう。

「自作したんでしょうが、なかなか手間がかかっていますね。〈エッサイ〉の持ち主を眠らせるのと、ニカワにアルコールを注入するのと、この犯行には針が二回必要になりますからね」


――


「それにしてもお前たち、何だってこんなことを」

小柴祐樹が三人娘の前で頭を抱えた。

「元気が良くて常にポジティブ・シンキングで、みんなお前たちの入団を喜んでいたのに……」

　すると主犯格と思われる二宮比呂美が、不貞腐《ふてくさ》れたような顔で答えた。

「別にいーじゃん一攫《いっかく》千金狙ったたって。結婚制度が破綻して、男が頼りにならない今の時代、女が年を取ってからも安泰でいられるために頼れるのは、お金しかないんだからさ」

「結局お金かよ。それにまだ二〇代だろ、お前ら」

「今から準備しとかないと間に合わないいっつーの。そもそもあたしたちの世代は、年金だってちゃんともらえるかどうかわかんないんだし」

　小柴祐樹は深い溜め息をついた。

「だからと言って、人類の宝とも言える〈エッサイ〉を、あんな方法で強奪しようとするなんて。同じ音楽家として情けないよ、俺は」

「だったら同じ音楽家として、この不公平な世の中を何とかしてよ」

　既に開き直っているらしい二宮比呂美は、唇を尖らせてあべこべに食って掛かった。

「不公平?」

「だってそーじゃん。クソ高い学費にクソ高いレッスン代を払って音大出てもさ、音楽の仕事に就けるのはほんの一握りでさ。こんなんなら、あんなにいっぱい音大つくらなきゃいーじゃん。そんな中で来る日も来る日も練習して練習して、やっとの思いでオーディションに合格《うか》ってプロのオーケストラの団員になっても、手取り額は一般企業に就職した普通のOLの方が良かったりするしさ。瑠衣なんて奨学金返済のために、今でも毎朝数時間はファミレスでバイトしてるんだよ。こんなかつかつの生活を送るために、物心ついた頃から友達と遊びたいのも我慢して、毎日毎日ヴァイオリンの練習ばっかりして来たのかと思うと泣けて来るよ。割に合わないよ」

「甘ったれるんじゃない！」

すると、それまで二人の会話を黙って聞いていた瞬一郎が、顔色を変えて激昂した。

「確かに一部のスターを除いて、現在クラシックの演奏家が置かれている社会的境遇には厳しいものがある。だが割に合うとか合わないとか、そんなことを考えている時点で間違っている。あんなにいっぱい音大を作るなだって？　君たちは好きな音楽の道で、自分の才能の限界に挑戦できる権利を得た時に、燃えるような喜びを感じなかったのか？　生まれて来て良かったと思わなかったのか？　遊びたいのも我慢して、毎日毎日練習していただって？　いいか、武藤麻巳子は小さい頃から天才少女などと呼ばれていたが、断言しても良いがその蔭で、君たちが努力したと言っている量の、軽く二〇倍は努力して来たんだ。僕はそれを知っている。その彼女の凱旋コンサートを君たちはぶち壊したんだ」

この男が一日に二回も声を荒らげるなんて、長い付き合いの海埜も初めて見る。その剣幕に、不貞腐れたように頰を膨らませていた二宮比呂美も、思わず頰を引っ込め、ばつが悪そうに視線を逸《そ》らした。

「わかってるよ……そんなこと」

「もっとも、なかなか考え抜かれた計画だったことは認めてあげよう。ストラディヴァリウスの音色の秘密は、現代の科学をもってしてもいまだ解明されていない。つまり古《いにしえ》のクレモナの名器とそれ以外のヴァイオリンとの間に、ぱっと見ただけでわかるような外見的な差異は一切存在しないんだ。〈エッサイ〉の裏板の銘紙の上に別の銘紙を貼り、今回のように分解されてそれぞれ一部だけ、色も仕上げもそっくりな他の楽器に取りつけられてしまったら、見分けるのは難しい。そんなことをする人間がいるとは普通は思わないしな。事実本物を一度手にしたことのある僕だって、目で見ただけではわからなかった。だから耳に頼った。最後の頼みの綱は、楽器そのものの音しかなかった。

それともう一つ、武藤さんに与える危害を最低限にしたことだけは褒めてやろう。麻酔薬を嗅がされた彼女が、そのまま倒れて万が一床などで頭を打ったら、脳に後遺症が残って、彼女の命であるヴァイオリンが弾けなくなることだって充分にあり得た。それを回避したことだけは褒めてやろう」

するとニ宮比呂美は少し得意気な顔になった。

「そ、それは同じヴァイオリン弾きとしての仁義だよ。あたしだって、武藤さんの弾くヴァイオリンはめちゃくちゃ好きだもん」

だがこれには瞬一郎ではなく、傍で聞いていた堂島が頭を光らせながら怒鳴った。

「馬鹿野郎！　偉そうに言うな偉そうに。そもそもそんな危険な目に遇《あ》わせたのはお前たちだろ！　それでお前たちの罪が消えるわけではない！」


――


三人娘は三台のパトカーに、それぞれ一人ずつ乗せられて去って行った。

「兄貴、どうもありがとうございました。この礼はいつか」

堂島がそう言って敬礼する。

「お前が言うと、お礼参りみたいに聞こえるからやめろ」

「またまた御冗談を、兄貴」

「だからその呼び方はやめろと」

「とにかく助かりました。蒲田署《ウチ》だけだったら、下手したらお宮入りしてたかも知れやせん」

去って行く堂島の後ろ姿を眺めながら、瞬一郎が感心したように言った。

「へえ伯父さん、意外に部下に慕われているんですね」

「意外には余計だ。それにあいつは部下じゃない」

海埜はそう言って瞬一郎の顔を見返した。

堂島は俺に気を遣ってああ言ったのだろうが、俺は今回ほとんど何の役にも立っていない。

もしこいつが今日この会場にいなかったらと思うと慄《ぞ》っとする。堂島も同じことを思っていたようだが、カーネギーホールからストラディヴァリウスが盗まれたという大戦前の事件の二の舞で、迷宮入りになっていた可能性が高い。

搬入口が絶好の目くらましになっていた。動かぬ証拠を押さえるには、この日この場で犯人の手口に気付く必要があったわけだが、そもそも自分たち警察には、ヴァイオリンが分解可能だという発想がない。一度改めさせてもらった時点で、楽団員たちの手持ちの楽器は、完全に捜査対象から外れてしまう。

彼女たちからしたら、この超満員の会場から盗み出すということも、作戦の重要な部分だったのだろう。普段は近付くことも難しい名器が、この日は向こうからやって来る。そして楽団員と関係者と聴衆合わせてざっと二〇〇〇人近い容疑者。どうしても一人一人に対する調べは通り一遍のものにならざるを得ない。そしてこれだけの大人数の容疑者を、警察がいつまでも拘束しておくことは物理的に不可能で、埒《らち》が明かないまま時間が経過したら、いずれ観客はもちろん関係者たちにも、一旦帰宅を認める以外なくなる。そしてこの会場を一度でも出たら、彼女たちは分解した時の逆の工程を経ることで、無傷の完全なるストラディヴァリウスを、無事手に入れることができていたのだ――。

――

その頃二宮比呂美は、パトカーの後部座席で、視線を下に落として車の床を見つめていた。

両脇を固めている女性捜査員たちは、その様子を見て安堵していた。さすがに反省しているようだ。この分なら、調書を取るのも楽だろう――。

早くも事件とそのスピード解決を嗅ぎつけたマスコミが、警察署の前で鈴なりになっていた。観客の中に、一部始終をSNSにでも投稿した人間がいるらしく、野次馬の姿も目立つ。

その堵列《とれつ》の中をパトカーがゆっくりと進むと、一斉にフラッシュが焚かれ、下を向く二宮比呂美の頭部と額を照らし出した。

その本人は、焚かれたフラッシュに驚いたように一瞬顔を上げたが、すぐに目を伏せ、だが完全に下は向かずに前方の一点を凝《じ》っと見つめた。

これだけテレビカメラが集まったのは、やっぱり犯人が若い女だったからなんでしようね。

完全に下を向いてしまうのは勿体ない。せっかくだから顔を売らなきゃ。でも反省してないと思われたら損だから、あんまり上げすぎても良くない。

そこらへんの匙《さじ》加減が難しい。

それにしても、もう少しだったのになあ。

あームカツク。一体何なのよ！

魂柱の位置がちょっとずれていることや、ニカワが乾き切っていないことなんて、普通の人にはわかんないわよ。それも、音を全く出さないのは不自然だと思って、必要最低限の小さい音で演奏していたのに、それでも聴きとっちゃうなんて。何だって今日に限って、あんなすごい耳の持ち主が会場にいるのよ！

パトカーに乗り込む前にそれを愚痴ったら、あの海坊主のような刑事がこう言ったっけ。

「海埜の兄貴の秘蔵っ子である芸術探偵がいるところで、あんなことをやるお前たちが愚かなだけだ。運も間もすべて悪かったと思ってあきらめるんだな」

芸術探偵？　何それ。そんなのがいるなら初めに言ってよ！　もう！　やっぱりこの世って不公平！

でもあたしの人生、このままじゃ絶対に終わらないから見てなさいよ。

あたしは昔から、転んでもタダじゃ起きないことには定評があるんだから――。

一世一代のトリックが見破られ、〈エッサイ〉の強奪に失敗しちゃったのは残念だけど、初犯だし、武藤麻巳子に後遺症等は残らないはずだし、罪を認めて裁判では反省した姿を見せておけば、せいぜい数年間の懲役で済むでしょ。

ふん、模範囚として真面目につとめ上げて、一日も早く出所してやるわよ。

そして出所したら、〈監獄のヴァイオリニスト〉というキャッチフレーズで売り出すというのはどうかしら。CDのジャケットは、囚人服で手錠をかけられた不自由な恰好で、必死にヴァイオリンを弾こうとするあたしの姿。囚人服は胸ぐりが大きく開いたセクシーなものを、一流のデザイナーに作ってもらいましょう。人を何人も殺した元少年の書いた本が何十万部と売れる時代なんだから、知名度さえあれば、どこかの音楽事務所が絶対に飛びついて来るに違いないわ。

そのためにも、今のうちから顔を売っておかなくちゃね。果たしてこの角度で、反省している感じが出るかしら――。

ワグネリアン三部作

一　或るワグネリアンの恋

1

「これをライトモチーフと言って、それ以前にも『幻想交響曲』で意中の人の姿を、固定観念《イデー・フィクス》という固有の音型によって表したベルリオーズのように、同じようなことを試みた作曲家はいるけれど、それを全曲に亘《わた》って体系的かつ徹底的に展開させたのは、我らがリヒャルト・ワーグナーが最初なわけだよ」

「ライトモチーフねえ……。ねえそれじゃあ、ヘビーモチーフというのもあるわけ?」

僕はちょっとのけぞる。穂花《ほのか》のやつ、さっきからの僕の説明をちゃんと聞いていたのだろうか?

「違う違う。ライトモチーフの〈ライト〉は、英語の重い軽いのライトじゃない。これはドイツ語の動詞〈leiten《ライテン》（導く）〉から派生した単語で、だから〈示導動機《しどう》〉とも訳されるんだけど、たとえば全曲を演奏するのに四日を要する『ニーベルングの指環』では、主要な登場人物のほとんど全員が、それぞれ固有のライトモチーフを持っているんだよ」

「あ、そうなんだ。ふうーん、それは結構すごいかも」

穂花は今にも折れそうな細くて白い首を傾《かし》げ、感心したように言う。それを見て僕は嬉しくなる。

「だろう?」

「でもそれってプロレスの入場シーンで、それぞれの選手の曲が流れるのと、一体どう違うの?」

「ええっ?　プロレス?」

僕は一瞬自分の耳を疑った。だが穂花の顔は冗談を言っている顔ではない。

「そう。あたしはよく知らないけど、棚橋《たなはし》さんが入場する時は『ハイエナジー』が、橋本《はしもと》さんが入場するときは『爆勝宣言』が会場内に流れるでしょう？　知り合いのおじさんなんか、『スパルタンX』の冒頭を聞くだけで、リングの上で亡くなった三沢《みさわ》さんを憶い出して号泣するわよ。それと同じことなんじゃないの？」

僕は穂花の顔をまじまじと凝視《みつ》めた。口ではよく知らないと言いながら、思い切り詳しくないか？

いやもちろん何であれ詳しいのは大いに結構なことなのだが、プロレスの入場シーンとワーグナーの高尚な楽劇を比較するというのは、さすがにちょっと……。

「そ、それはただの入場曲だろう？」

「ううん。入場の時だけじゃないわよ。試合が終わった時は、勝った方の曲が流れるんだから」

穂花は小さな桃色の唇を尖らせる。

「だ、だから要するにそれは、その人のテーマソングみたいなものだろう？　示導動機《ライトモチーフ》はそれとは似て非なるものだ。これは人物個人のみならず、巨人族とかニーベルング族といった種族や、とある特定の人物の行為や感情、さらにはさまざまに変奏されたり変容されることによって、人物間の献身や裏切り、さらには愛や憎悪などの抽象的概念に到るまで、ありとあらゆる心理の襞や細かい状況の変化を象徴的に表すことができるんだよ！」

僕は口角泡を飛ばしたが、穂花は平然としている。

「『爆勝宣言』は、橋本大地《だいち》くんが父親の真也《しんや》さんから受け継いだものだから、種族じゃん？」

「そ、その橋本さんのことはよく知らないんだけど、種族なの？　家族でしょ？　それにそんな風に、一人の人間に固有の旋律を持たせるという考え方そのものが、ワーグナーの影響なんだって！」

「そうなの？」

　穂花は目を丸くする。

「多分……」

「多分？」

「い、いや、絶対そうだよ！　二十一世紀の日本のプロレス界も、元を辿れば今から約二〇〇年前にライプツィヒに生を享《う》けた、偉大なる我らがリヒャルト・ワーグナーの影響下にあるということだよ！」

　僕はきっぱりと言い切った。さきほどベルリオーズの例を挙げたが、正確にはそれ以前にも、たとえば十八世紀フランスのフランソワ・クープランのクラブサン曲などにも、旋律で特定の人物を描写している例はある。ワーグナーの三歳年上のシューマンも、『謝肉祭』というピアノ曲集の中で、ショパンやパガニーニ、妻のクララ、さらには自分の分身であるフロレスタンとオイゼビウス等の姿を音で描き出している。

だがワーグナーのライトモチーフは、その展開のさせ方のシステマティックさにおいて、やはり一線を画している。断言しても構うまい――。

僕の名前は森山利和《もりやまとしかず》、某総合商社に勤める、自他共に認める熱烈なるワグネリアンである。一方僕が話している相手は坂本穂花《さかもと》、僕の彼女だ。

僕と穂花は、異業種交流会という名目の、とある独身社会人向けのパーティーで知り合った。そして僕は現在、彼女もワグネリアンに仕立て上げるべく鋭意教育中なのだけど、これがなかなか難物であることは、いまの一部始終だけで、充分にお判り頂けたことと思う。なにしろ穂花と来たら、僕と付き合う前は聴くのはもっぱらロックやポップスばかりで、クラシック音楽はほとんど聴いた経験がなかったらしいのだ。

僕がデートの送り迎えの車の中で毎回流しているので、最近はピアノ曲や管弦楽曲にも耳を傾けるようになっては来たものの（いきなり楽劇を聴かせたら拒絶反応を示すだろうから、僕なりにいちおう順序を考えているのだ）、まだショパンって結構いいね、と言う程度の段階だ。しかもそのショパンも、短い夜想曲《ノクターン》や円舞曲《ワルツ》は好きだけど、譚詩曲《バラード》や諧謔曲《スケルツォ》は長くてちょっとかったるいとこぼす始末。そりゃあ長くてもせいぜい五、六分で終わるポップスやロックの楽曲と比べたら、ショパンの譚詩曲《バラード》は演奏に一〇分以上かかるわけだけど、あれを長いと言っているようでは、ワーグナーの長大な楽劇が聴けるようになるのは一体いつのことになるのやら、ちょっと先が思いやられる。

僕はその場限りのいい加減な付き合い方が嫌いな質《たち》で、女性と付き合う時はいつも将来を意識しながら付き合う。それで結果的にゴールまで辿り着かなかったというケースはもちろんある――というか辿り着かなかったから独身なわけだ――が、初めから繋ぎというか、ただ何となく彼女が欲しいからという程度の意識で付き合うというのは、やはり相手の女性に失礼だと思うのだ。本心ではないのに、口先だけで甘い言葉などを囁《ささや》いたりするのは、結局自分自身も疲弊する。

そして結婚生活を送るにあたって、音楽の好みの一致は、読書の趣味や食事の味付けの好みの一致なんかよりも、はるかに重要だと考えるのだ。本なんて互いに好きな本を読めばいい。また味付けの好みは、調味料を使い分けることでいくらでも調整することが可能だ。だが音楽はそうは行かない。一緒の部屋にいながらも、携帯音楽プレイヤーで互いに別々の曲を聴いている二人の姿を見て、人は羨ましいと思うだろうか？

つまり穂花に一目惚れしてしまった僕は、穂花を僕と同じワグネリアン――いや女性だからワグネリエンヌか――にする以外に選択肢はないということなのだ。何故《なぜ》なら現状僕は穂花こそ自らの《人生の女《ファム・ド・マ・ヴィ》》ではないかと思っているからで、事実音楽の趣味以外は、僕らの相性はこれ以上ないと思えるくらいぴったりなのだ。もちろんあくまでも僕の印象であって、穂花が僕のことをどれだけ真剣に考えているのかは、はっきりとしないのだけれど――。

休日には僕が一人でオペラハウスに行き、穂花は武道館のロックのコンサートに行っている――そんな夫婦になるのは何か嫌だ。別に休日だって互いに好きなことをすれば良いじゃないという考えの男女もいるだろうが、そこだけはどうしても譲れない。いつか一緒に聖地バイロイトに行って、噂に聞く堅い木の椅子に並んで座り、ワーグナーの長大な楽劇を一緒に観て、その後食事をしながら感想を語り合う。そんな夫婦になることが、僕の将来のささやかな夢だ。

2

僕が熱烈なワグネリアンになった経緯を簡単に述べておこう。きっかけは高校の時に入っていた吹奏楽部で、『ニュルンベルクのマイスタージンガー』前奏曲を演奏したことだ。僕の担当楽器はフルートで、オーケストラではヴァイオリンが担当する、高音の旋律を吹くことが多かった。『マイスタージンガー』前奏曲の吹奏楽版では、古代神殿の太い円柱を思わせる金管の雄渾《ゆうこん》な旋律に対して、フルートがまるで神殿の壁面上部や破風《はふ》を飾る帯状装飾《フリーズ》や浮彫石板《メトープ》のように複雑に絡《から》み合う対旋律や装飾音型を奏でるのだが、それらを毎日吹いているうちに、嵌《は》まってしまったのだ。

だがここまでは割とありがちなルートであり、さほど特筆すべきことはない。

それにこの頃はまだ、好きな作曲家の一人に過ぎなかった。その頃一番好きだったのは、絶対音楽の申し子であり、ワーグナーとは芸術上の理念においても私生活においても仇敵同士と目されるブラームスだったから、実は理由もない敵愾心《てきがいしん》すら抱いていた。恩人の妻であるクララ・シューマンに想いを寄せながら生涯独身を貫いたブラームスに比べると、一座の主演女優と駆け落ちしたり、友人の妻を寝取ったり、その後も最晩年に至るまで女性たちと〈不適切な関係〉を結び続けたワーグナーは、純朴《じゅんぼく》な男子高校生の目には、とんでもない下衆《げす》野郎に映った。ワーグナーって確かにいい曲も作ったけど、人間的には尊敬できないな――そう思っていた。

それがいろんな曲を聴き込み、また吹き込むうちに、いつの間にかその魔力に取り憑かれて行ったのである。考えてみるとはるか後代を生きる我々は、どちらにしてもその本人と直接会う機会などないのだから、遺した作品さえ素晴らしければ、芸術家本人の人間性なんて実はどうでもいいとも言えるのである。

そして決定的な事件が起こるのだが、実はそれは、僕の名前と密接な関係がある。

僕の利和という名前は、二十一世紀のいま、何だか古臭くて冴えない気がして、あんまり好きではなかった。クラスメイトに昭和臭がするとからかわれたこともあるし、いわゆるDQN《ドキュン》ネームではないだけまだマシかなと思っていた程度で、正直あまり愛着はなかった。

ところがある日を境に、それが正に一八〇度変わったのである。と言っても何か特別な事件が起こったわけではなく、その日僕は、ただ小説を読んでいただけなのだが――。

その小説は、東洋人で初めて、バイロイトでジークフリート役に抜擢されたという日本人テノール歌手を主役とするミステリー小説だったのだが、その中に次のような一節があったのだ。

そもそもワーグナーが自分の息子にもつけたジークフリートというこの名前を、いかにも英雄にふさわしい貴種的な名前だと思うのは自分たち外国人の誤解であって、Sieg《ジーク》は〈勝利〉でFried《フリート》は〈平和〉の意味なのだから、実はSiegfried《ジークフリート》とは、日本で言えば〈勝平《かつぺい》くん〉あるいは〈利和《としかず》くん〉に相当する、かなり素朴で土着的な匂いのする名前なのだ。

僕は次の瞬間には、思わず拳を握りしめ、立ち上がって叫んでいた。そうか！　僕の名前はドイツ語にすればジークフリートなんだ！

　こうして僕は、ワーグナーとの運命的な結びつきを（勝手に）感じて、より一層深くその世界に嵌まって行ったのである。そして一度深く嵌まったら抜け出すのが容易ではないことに関しては、もしあなたもワグネリアンならば、必ずや首肯《しゅこう》して下さることだろう――。

3

　さて問題は、遅々《ちち》として進まない穂花の教育だ。

「ワーグナーは台本制作にあたって、好んで意味が相反する頭韻を使ったんだ。ほら、たとえばここなんか正にそうだよ――*Lust und Leid*《ルスト ウント ライト》（快楽と苦悩）」

「トウインって？」

　穂花は小首を傾げる。

「ああ、一般に韻と言えば脚韻、つまり文末や句末の母音や子音が一致するもののことを指すだろう？　だけど頭韻は、頭の音が一致する単語をペアにして使うことだよ。しかも頭の子音、時には母音まで同じなのに、意味が正反対という言葉のペアが特に好きだったんだ。あ、ここもそうだよ――*Wohl und Weh*《ヴォール ウント ヴェー》（喜びと痛み）」

「わかった！　要するに〈えほん〉と〈えろほん〉みたいなものね！」

穂花は目を輝かせる。

「違う！　何でそうなる！」

僕は唖然《あぜん》とする。そんな無邪気で可愛い顔をして、エロ本なんて……ギャップ萌えで死にそうなんですけど――。

「どこが違うの？　頭韻も脚韻もバッチリ踏んで、しかも意味はまるっきり反対じゃない。もしワーグナーさんが日本人だったら、絶対にペアで使っているでしょ」

「楽劇には絵本もエロ本も出て来ないよ！」

「だからもしワーグナーさんが、今の日本に生まれていたらの話よ」

「うーんまあ……」

僕はこれ以上の議論を避けるために、スコアを閉じ、プレイヤーで曲をかけた。

「これは『ジークフリート牧歌』、ワーグナーがコジマの誕生日に贈った曲だ。コジマはこの前説明したから憶えてるよね？」

「ああ、小島さんね。えーっと、誰だっけ？」

僕はがくりと頽《くずお》れる。

「ワーグナーの二番目の奥さんだよ。フランツ・リストの娘で、『トリスタンとイゾルデ』なんかを初演してくれた、ハンス・フォン・ビューローという当時の大指揮者の奥さんだったんだけど、ワーグナーがいわば《略奪婚》したんだ。バッハ、ベートーヴェン、ブラームスの三人を《ドイツの3B》と言って讃えたのは実はこのビューローなんだけど、女房を寝取ったワーグナーへの意趣返しとして、その対抗馬と目されていたブラームスを持ち上げる意図が籠められていたんじゃないかとも言われているね。くれぐれも言っておくけど、日本人の小島さんじゃないから」

「はーん」

「この曲を完成させたワーグナーは、一八七〇年十二月二十五日の朝に、ひそかに練習させていた楽団員たちを屋敷に呼んで、彼らをコジマの寝室脇の曲がり階段の上にずらりと並ばせて、コジマがいつも目覚める七時三〇分きっかりに、この曲を〈世界で初演〉したんだよ。愛する妻の誕生日とクリスマスのプレゼントに、世界初演の生演奏！　どう、素敵だろう？」

「へえー、それはロマンティックねえ。やるなあ、ワーグナーちゃん」

穂花は目を輝かせる。それを見て僕は自分が褒められたかのように嬉しくなる。

「だろう？」

「だけどちょっと待って。いま誕生日とクリスマスのプレゼントって言ったよね」

「ああ」

「どういうこと？　何で一緒なの？」

「ああそれはね、何とびっくりコジマは、十二月二十五日が誕生日だったんだよ」

だが穂花は驚くどころか、何故か形の良い細眉を不審そうに寄せている。

「だけど、両方一緒ってあんまりじゃない？　どちらも一年で一回きりなんだから、誕生日とクリスマスの贈り物は、やっぱり別々でなきゃダメでしょ。コジマさんはそれで怒らなかったの？」

「いや……」

僕は口籠った。まさかそんなところをツッコまれるとは思っていなかったからだ。

これまで何十冊とワーグナー関係の本を繙《ひもと》き、その中には当日の生演奏に漕ぎ付けるまでの弟子のハンス・リヒターの苦労や、トリープシェンのワーグナー邸の曲がり階段上での楽団員たちの配置まで詳しく書いてあるものもあったが、その日、曲以外にもプレゼントが用意してあったかどうかは、どんな浩瀚《こうかん》な研究書にも書いていなかった。偉いワーグナー学者でも知らないことなのか、あるいはそんな卑近なことはどうでも良いことと思って無視されていたのか、それはわからないけれど——。

「も、もちろん演奏とは別に、プ、プレゼントもちゃんと用意してあったんだと思うよ……」

僕は答えた。確証はないが、パトロンたちは鼻であしらっても、惚れた女には滅法《めっぽう》優しかった我らがリヒャルトのことだから、そのへんはきっと抜かりがないに違いない！

「ふうーん。でも用意してあったとしても一個だよね？　もしあたしがコジマさんの立場だったら、音楽はCDで済ませてもらっていいから、誕生日とクリスマス、プレゼントを二つもらう方がいいなぁ」

穂花はあっけらかんと言い放つ。

「その時代にCDはないから」

「二つだったら、やっぱり一つは貴金属類《ヒカリモノ》、一つは革製品《カワキモノ》というのが理想かしらね♡」

両手を頬に当ててうっとりする穂花の姿を見て、僕は黙り込む。

うーむ……。

やはり音楽の趣味の違いは、埋められないものなのだろうか。

それにこの『ジークフリート牧歌』のクリスマス生演奏のエピソードに、あまり感動を示さないところも問題だ。やはりここはワーグナーのコジマへの深い愛情と、多少芝居がかったところがあるとはいえ、一度思いついたことは遅かれ早かれ必ず形にしてしまうその実行力に、感心してもらいたいところである。この実行力があったからこそ、自分の楽劇専用の劇場を建てるなんて途方もない企ても実現したのだから。

それをもし自分だったら、ものの方が良いと言うなんて――。

正直ちょっとがっかりである。穂花を《人生の女》《ファム・ド・マ・ヴィ》だと思ったのは、僕の勘違いだったのだろうか?

知り合った当初は、精神的な豊かさを重視する女性だと話していて感じたし、だからこそどんどん好きになって行ったわけだが、あれは単に猫をかぶっていただけで、中身はやはり今どきの若い女の子、物質的な豊かさの方が優先するのだろうか。付き合っているうちに地が出て来たということなのだろうか。

ワーグナーを聴きまくること、その作品の上演に行きまくることを筆頭に、人生でやりたいことが沢山ある僕には、一緒にいる将来を思い描けない女性とダラダラ付き合って行くのは、正直時間のムダとしか思えない。クソマジメ、堅物、遊びベタ、石《いし》部《べ》金吉《きんきち》、何とでも言うが良い。僕にはこういう生き方、付き合い方しかできないのだ。

それに前にも言ったが、いい加減な気持ちで付き合って下手に期待だけさせるのは、相手に失礼だろう。

ならば早いところ、見切りをつけて別れるべきなのか――。

4

それでも苦闘の末、何とか楽劇のさわりを聴かせるところまでは辿り着いた。

だけどまだまだ問題は山積みだ。穂花は楽劇の筋に片っ端から難癖をつけるのだ。『ローエングリン』を聴きながら筋を説明していると、最後のところで突然怒り出す。

「何それ。結婚はするけど素性は訊くなって。そんなの訊けと言ってるようなもんじゃない！」

「言ってないよ。絶対に訊かないようにと釘をさしているんだよ」

「だけどさっきから聞いているとこの人、もし仮に素性を尋ねられなくても、一年後には聖杯城とやらに戻るつもり満々だったんじゃない。ということは、さもずっと一緒にいられるような素振《そぶ》りをして、エルザさんを騙していたんじゃない。最低な男ね！」

白鳥の騎士ローエングリンは、最低男と罵《ののし》られてしまった。

「自分は最後までカッコつけたまま英雄として立ち去れて大満足かも知れないけど、残されたエルザさんのその後の人生のことは、初めから何も考えていないんじゃない！」

「うーん……」

僕は頭を抱える。

気を取り直して『トリスタンとイゾルデ』の筋の説明をしていると、今度は突然笑い出す。

「きゃははは。何そのトリスタンさんの偽名。タントリスだって！　いくら何でも、もうちょっと変えなきゃ駄目じゃん。ばーればれじゃん」

「いや、それがばれないんだ」

「ばれるでしょ、普通」

「いや、ばれない」

「ご都合主義ねー。ひょっとしてワーグナーさんって、才能ないんじゃないの？」

僕は再び黙り込む。確かにこの偽名はあんまりだと僕も思っていたのだ。だがそれはトリスタン伝説を書き残した中世の宮廷詩人たち——ブリテンのトマやゴットフリート・フォン・シュトラースブルク——あたりに言ってもらいたい。我らがリヒャルトは、それをそのまま使っただけなんだから！

「だけどそれをそのまま採用した時点で、ワーグナーさんの責任になるんじゃないの？　嫌なら変えればいいわけでしょ？　事実、白い手のイゾルデさんを消したり、他のところは結構自由に変えているんだしさ」

「むう……」

こんな時に限って鋭い指摘を——。

ぐうの音《ね》も出ないとはこのことだ。そもそも原作では重要な役割を果たす白い手のイゾルデの存在が、楽劇では消されていることを教え込んだのは、他ならぬ僕自身である。僕の熱心な教育が裏目に出るなんて――。

またこんな時、台本の齟齬《そご》の責任を台本作家に被せることができないワーグナーは不憫《ふびん》である。その超人的な仕事ぶりが、こんなところで裏目に出るなんて――。

それでも再び何とか気を取り直し、『ニーベルングの指環』に進む。『神々の黄昏《たそがれ》』を聴きながらラストのところの説明をしていると、今度は突然眉間に皺を寄せて不審な顔になる。

「んんん？　ブリュンヒルデさんの自己犠牲によって、指環の呪いは解けたんじゃないの？」

「もちろんそうだよ」

「だったらどうして最後、ワルハラは炎上するの？　どうして神々は没落するの？　呪い解けてないじゃん。何一つ変えられないんだったら、ブリュンヒルデさんは一体何のために死んだの？」

僕はたじたじとなる。

「いや、それはその……いや……だから、何と言うかその……」

5

話は一気に飛んで、その数ヶ月後——。

その日僕と穂花は、ニュー・トーキョー・オペラハウス内のイタリアンレストランで、差し向かいにテーブルについていた。糊のよく利いた純白のテーブルクロスの上には、風船のようにまんまるいワイングラスが二つ並んでいる。その中ではブルゴーニュのプルミエール・クリュの赤が、ルビー色の漣《さざなみ》を立てている。

幾多の苦難を乗り越えて、僕は遂に穂花を今日、ワーグナーの楽劇の生上演に連れ出したのである。

初めてだし、何と言っても長丁場だから、もし途中で寝てしまっても仕方がないと思っていたのだが、案に相違して穂花はずっと起きていて、上演中、身じろぎ一つせずに舞台上を見つめ続けていた。

演奏はまずまずだった。一〇〇%満足とまでは行かないが、純国産のオケがここまでワーグナーを自家薬籠中《じかやくろうちゆう》の物とすることができるようになったのかと思うと、なかなか感慨深いものがあった。若手の指揮者の棒さばきは絶妙だったし、前衛的な演出は、意味のわからない場面も多少はあったけど、それなりに面白かった。

と言うか正直自分で言うのも何だが、筋金入りのワグネリアンである僕は、よっぽどひどい演奏、ひどい舞台でない限りは、ワーグナーの楽劇が生で観られるというだけで、自動的にかなり幸福な気分になってしまうのだが——。

最終幕とカーテンコールが終わって客席の照明が点いたが、穂花は口を半開きにし、茫然自失といった態《てい》で、座席に深く沈み込んだままなかなか立ち上がろうとしなかった。僕はその姿をちょっと誇らしい気分で眺め、列の両側の客がいなくなってからその手を取って、まるで川を遡上《そじょう》する鮭のように、劇場を後にする人々の群れと逆行して上りのエレベーターに乗ったのだった。僕らの席は平土間だったが、予約しておいたレストランは劇場の二階にあるからだ。

「どうだった、実際に舞台を観てみて。ワーグナーの楽劇」

第一皿である渡り蟹のリングイネを食べ終えたところで、おもむろに僕は訊いた。背広のポケットの上から、中に入っている小さな箱の感触を確かめながら——。

実は先日重役室に呼ばれて、最重要支店の一つであるドイツ支社への転勤を直々《じきじき》に言い渡されたばかりだった。ドイツ支社のオフィスはベルリンの菩提樹下大通り《ウンター・デン・リンデン》、ブランデンブルク門から徒歩五分のところにある。出発は二ヶ月後、そして同時に本社へ戻れるのは、最低でも四、五年先になるだろうことも告げられた。

穂花を連れて行くのかそれともきっぱり別れるのか、結論を出さなくてはならない状況になっていた。

それまで心ここにあらずという様子だった穂花は、我に返ったような顔で答えた。

「そうねえ……。まだ詳しいことは全然わからないけど、何なのかしらこの圧倒的な魔力。利和さんを含め、多くの人がワーグナーさんに夢中になる理由が、少しわかった気がする」

僕はこの答えに満足した。いいだろう、とりあえず合格だ！　あとは本場ヨーロッパで一緒に音楽体験を積み重ねながら、徐々に鍛えて行けば良い！

僕は上着のポケットに手を入れると、さっきからその感触を確かめていた小さな矩《く》形《けい》の箱を取り出した。穂花の方に向けて箱を開き、中を見せる。九月生まれの穂花の誕生石であるサファイアの指環――。

「え……？」

穂花は目を上げ、愕《おどろ》いたように指環の箱と僕の顔を交互に見た。

僕はその前に箱を辷《すべ》らせた。

「結婚しよう」

すると穂花は、恥ずかしがるかのように下を向いた。その涼しげな目元に僕はどきりとした。

「絶対に幸せにするよ」

だがあの自由闊達《かったつ》、天真爛漫の権化《ごんげ》のような穂花が、何故か黙したまま答えない。

長い睫毛《まつげ》が、白く柔らかな頰に影を落としている。

指環を見た瞬間に、飛び上がらんばかりに喜んでもらえるだろうと、そこまで自惚《うぬぼ》れていたわけではない。一生のことだし、穂花が慎重になるのも当然だ。

だがこの反応の鈍さは僕を不安にさせ、その不安によって僕は、自分が如何《いか》に穂花に惚れているかを再確認させられることになった。

「僕じゃ、駄目か？」

自分の声が掠《かす》れるのを自覚した。

すると穂花は、再びゆっくりと顔を擡《もた》げて言った。

「そうじゃなくて……本当にあたしなんかで良いのかあと思って」

「もちろん」

僕は再びしっかりした声を出せたことに安堵した。

「だけどもう判っているだろうけど、あたし、馬鹿だよ？　ワーグナーさんのことも、まだ全然知らないし」

「何を言ってるんだ。いいんだよ、これから一緒に勉強して行くんだから。それに人間、一番大切なのは感受性であって知識量じゃない」

「でも、あたしなんかで本当に良いの？」

「いや、お前でなきゃ駄目なんだ！」

僕は力強く断言した。続けてドイツ支社への転勤のことも、一緒にドイツへ行って欲しいと思っていることも告げた。

再び沈黙が続き、断られるのだろうかと再度不安に駆られ始めた矢先のことだった。穂花が何かを決意したようにサファイアの指環の箱を手に取ると、くるりと回してテーブルの真ん中に置き直した。

え？　やっぱり返されるのか？

数日前、会社帰りに一人で宝飾店に買いに行った時のことが憶い出された。選び終わると、その場にいた店員が全員で祝福してくれたっけ。まあそれも営業のうちなんだろうけど――。

あの店、確かプロポーズに失敗した場合は定価の七掛けで引き取りますと書いてあったな。恰好悪いけどあそこで買ったのは、不幸中の幸いだったか――。

ところが良く見ると、穂花は微笑みながら、白魚のような左手を、箱のすぐ横に差し出している。

「嵌めてはくれないのかしら？」

「あ、ああ……」

その手は甲を上に向け、軽く宙に浮きながら開かれている。

そうか、こういうところが僕は鈍いんだな――。

僕は指環を箱から取り出すと、穂花の左手の薬指にそれを嵌めた。途中で手が細かく震えたが、何とか無事に嵌め終えた。

「うわぁ、素敵ねえ」

穂花は掌《たなごころ》をレストランの天井に向け、薬指を明かりに翳《かざ》して感嘆の声を上げてから、真っ白い歯を見せて言った。

「それじゃあこれから二人で、笑いながら堕ちていきましょうか」

意味がわからず一瞬ぽかんとした。

だが次の瞬間、僕は猛烈に感動した。

おおおおおおおおおお！　今の台詞は⁉

ま、間違いない。『ジークフリート』の最終幕で、自らを長い眠りから目覚めさせた恐れを知らぬ英雄に求愛され、最初は戸惑いながらも、最終的に受け入れた時のブリュンヒルデの言葉だ！

僕の名前をドイツ語にするとジークフリートになることは、もちろん以前話したことがある。すると穂花は僕をジークフリート、自分をブリュンヒルデになぞらえて？　熱狂的なワグネリアンからのプロポーズに対して、これ以上気の利いた返事が果たしてあるだろうか？

こんなすごい返事を貰った男が、過去に一人でもいただろうか？　これこそ正に、ワグネリアンの理想じゃないか！

すごいぞ穂花！　よくぞここまで育ってくれた！

そうか、さては僕に隠れて、ひそかに猛勉強していたんだな！

いや、あの穂花をここまで育て上げた僕がすごいのか⁉

6

ふう。やっとプロポーズしたか。永久就職のために我慢したけど、長かったなぁ。

でも利和くん、あなたのことは好きよ。それは本当。そうでなきゃ、わざわざこんな回りくどい我慢はしないわ。

だけど利和くん、あなたもやっぱり男性の一人。自分が究《きわ》めようとしている分野で、自分よりも通じている女性を前にすると、本能的にその女性を忌避《きひ》し敬遠しようとする、あの男の人の一人。

男のプライドってやつらしいんだけど、一体何なのかしらね。

利和くんは、真面目すぎて恋人としては正直物足りなかったけど、結婚相手としてはなかなかの優良物件だと思う。商社マンで収入は安定しているし、次男だし、仕事が忙しいから結婚してもあんまり家にいないだろうし、タバコは吸わないしギャンブルもやらないし、それに何よりあれだけお馬鹿なフリをしたのに、一向にキレない忍耐強さも持ち合わせていることがわかったから、その点も合格。出来の悪い彼女に、一生懸命ワーグナーの素晴らしさを伝えようと熱弁を揮《ふる》う姿は、結構可愛かったわよ。

さらにドイツ転勤なんて美味しい話までついて来て、これは乗らなきゃ嘘よね。ベルリンだったら、シュターツオーパーにドイチェオーパーにコミッシェオーパーと歌劇場が三つもあって、レパートリー制だからシーズン中は毎日違う演目を観ることも可能だわ。菩提樹下大通り《ウンター・デン・リンデン》だったらシュターツオーパーとコミッシェオーパーは歩いても行ける距離だしね。もちろん毎月一回は、フィルハーモニーの五角形の葡萄畑《ヴィンヤード》で行われるベルリン・フィルの定期も欠かせないわよね。また九月のベルリン音楽祭には、毎年世界じゅうから錚々《そうそう》たる演奏家が集まるから、今から楽しみ。

ああそれにしても、もう演技しなくて良いかと思うと気が楽だわ。これまで熱狂的なワグネリエンヌだと自己紹介して、どれだけ男性に〈引かれた〉ことか。これからは、安心して地を出すことができるし、愛するリヒャルトちゃんも堂々と聴けるのね！

それに利和君だったら、仮に自分が仕事で残業の日でも、あたしが一人でオペラや音楽会に行くことを、笑って許してくれそうじゃない？　この手の男の人は、自分が最初の手ほどきをしたという自覚さえあれば、その後は彼女や奥さんが、いくらそれに嵌まっても大丈夫なのよ。と言うかむしろ、夢中になればなるほど喜ぶのよ。いわゆる《この娘《こ》はワシが育てた》ってやつね。単純というか何と言うか——。

まあでも旦那にするには、単純な人の方がいいわよね。何よりも操縦しやすいし。嫌になったら別れれば良いんだし。

それはそうと、何なのよあの今日の演奏。思い出したら腹が立って来たわ！　何なのあの開始早々のホルンのやらかし！　弦と管は縦の線が合ってないし、アーティキュレーションが雑！　指揮者はアインザッツの指示が下手くそ。あんな棒じゃ、見れば見るほど合わないわよ。もう最終幕なんて崩壊寸前で、終わってからもしばらく、開いた口が塞がらなかったわよ。

それに演出もダメダメ。演出家は前衛とただの思い付きを履き違えてる。全く、コンヴィチュニーの爪の垢でも煎じて飲めと言いたいわ！　一人で観ていたら、思い切りブーイングしてるところよ——。

でも利和くんは、幸せそうな顔で手が真っ赤になるまで拍手をしていたんだよなあ。

うーん、仕方がない、教育のし甲斐があると考えましょ——。

二　或るワグネリエンヌの蹉跌《さてつ》

1

和久祢梨亜《わくねりあ》は、骨の髄《ずい》からのワグネリエンヌである。花の女子大生なのに、ワーグナーの世界にどっぷり涵《ひた》って生きているので、世の中からはずれまくっている。

ワグネリエンヌになったきっかけは、小さい頃にたまたまラジオで耳にした『ローエングリン』前奏曲だった。八部に分かれたヴァイオリン群が、楽器の出せるぎりぎりの超高音で奏でる冒頭の清冽な旋律に魅了され、それが徐々に音程を下降させながら、寄せては返す波のように次第に厚みを増して行くその壮麗な響きに圧倒された。やがてその旋律は聖杯の動機と呼ばれるものであり、前奏曲全体は遠い昔の日にイエス・キリストの血を受けた聖杯が、奇跡によって天からゆっくりと降りて来て目も眩《くら》むような耀《かがや》きを見せた後、また天へと還って行くさまを表していると聞かされて、子供心に感動した。何と素晴らしい芸術なのだろうと思った。

こうなると、ただ聴くだけではもう満足できない。作品の筋をどうしても知りたくなり、やがて筋を知ると、エルザの気持ちをまるで自分のことのように深く理解するようになった。いつの日か聖杯城から、自分を救いにやって来る白鳥の騎士を夢想した。

そして気が付くと、立派なワグネリエンヌになっていた。

クラスメイトがジャニーズ系のアイドルや若手俳優たちに夢中になる年頃に、祢梨亜が部屋の壁に貼っていたのは、黒いベレー帽を被《かぶ》って向かって左側を向いている、リヒャルト・ワーグナーその人の肖像画ポスター――お小遣いを貯めてインターネットの通信販売で購入。元絵は一八七一年にレーンバッハが描いたもの――だった。携帯端末の待ち受け画面は真正面から見たバイロイト祝祭劇場の写真――現地に行った人が撮ってブログにアップしたのを、勝手にダウンロードしたもの――、電話の着信メロディは、もちろん楽劇の旋律の一部――こちらは midi に打ち込んで自作したもの――である。かけて来た相手によって着信メロディを変えられる機能をフルに活用して、父親からの電話の時はヴォータンの動機が、母親からの電話の時はジークリンデの動機が、あまり数多いとは言えない友人からの電話の時はヴォルフラムの動機が流れるといった具合に設定して、これぞ正しいライトモチーフの使い方よねと悦《えつ》に入っている。もっともそれだと彼女自身は誰なのか、さっぱりわからないのだが、そういう細かいことはあまり気にしない。

女子一貫校で過ごした中学高校時代は、当然の如く不思議ちゃん扱いされていた。ただ幸いにしてクラスのメジャーなグループが、極度に世事に疎《うと》い祢梨亜を逆に面白がって仲間に引っ張ってくれたので、いじめ等には遭わずに済んだ。

ただし、パシリにはよく使われた。

放課後によく屯《たむろ》したゲームセンターでは、グループのみんなが、短い制服のスカートを翻《ひるがえ》しながら、プリクラやメダルゲーム、格ゲー、音ゲー、ダンスゲームなどに思い思いに興じる中、みんなのメダルや荷物の番をする役だった。

「それじゃ祢梨亜、頼んだよ」

「はい、盗られないように、くれぐれもアルベリヒさんには気を付けます」

山と積まれたみんなのメダルを、ラインの黄金のように見つめながら、祢梨亜は生《き》真面目な顔で答える。

「メダルだけじゃなくて荷物もな」

「はい」

「あー疲れたー。祢梨亜、ジュース買って来て」

「元気をつける飲み物ですね。ではフライヤ行って参ります」

軽快に駆けて行く。

「何なんだ、あいつ?」

「まあいいじゃん、それなりに使えるし」

修学旅行の夜は、クラスメイトたちが夜っぴて騒ぐ間、見回りの先生が来ないかを廊下の角で見張る役だったが、嫌な顔一つせずに引き受けた。

「要するにブランゲーネ役ですね」

「センコーが来たらソッコー携帯鳴らして知らせろよ」

「特に気を付けるべきはマルケ王の一行ですよね」

「あいかわらず何言ってるのかよくわかんねえけど、頼んだよ」

「お任せ下さい。一人でずっと見張っています。Einsam《アインザム》 wachend《ヴァッヘント》 in《イン》 der《デア》 Nacht.《ナハト》（『トリスタンとイゾルデ』第二幕）」

お蔭で翌日の移動のバスの中では、ずっと寝ている羽目になる。

もちろん彼氏いない歴イコール年齢。黙っていれば美人なのにと時々言われるのだが、これだけずれまくっていると、彼氏なんてできるわけがない。

実を言うと毎朝通学の電車で一緒になる他校の男子生徒に待ち伏せされて、付き合って欲しいと告白されたことが何度かあるのだが、祢梨亜がゼンタよろしく、

「それは死に至るまでの誠を捧げるということですか？ Treue《トロイエ》 bis《ビス》 in《イン》 den《デン》 Tod《トート》（『さまよえるオランダ人』第二幕）を？」

などと真顔で訊くので、相手は逃げ出してしまうのである。まず何を言っているのかわからないし、仮にわかったらわかったで、束縛を恐れる若い男には重すぎる。だが本人は、一向に気にしている様子がない。愛するリヒャルトがいればそれでいいと思っているらしい。

ゲーセンも飽きたので今日はカラオケ。付き合って行くが、流行《はや》りの曲を知らないので全く歌えない。ゼンタのバラードならば全曲原語で歌えるのだが、キョクナビを幾ら探しても載っていない。ならばヴェーゼンドンク歌曲集をと探してみるが、やはり載っていない。仕方なくタンバリンやマラカスで、ずっとみんなの歌の伴奏をしている。

そうこうしているうちに、仲間うちで誰が歌が一番上手いのか口論がはじまる。

「ヒカルでしょ」

「やっぱあたし？」

「いや、マユの方が上手いと思うよ」

「そうかなあ」

女同士の争いは、一旦はじまると容赦がない。それじゃあカラオケの採点機能で白黒つけようということになるが、点数が低かった方は納得できない。

「こんな機械の採点なんて、いい加減で信用できねーよ！」

「そんなこと言ったって、他に判断基準ねーじゃん」

「そうそう。素直に負けを認めなよ」

「そうだ。祢梨亜、あんた音楽の成績めっちゃ良いよね。みんなの歌を聴いて判定してよ」

さすがの祢梨亜も、これには首を横に振る。

「えー、ベックメッサーさんの役だけは嫌ですぅ」

幸運にも大学進学と同時にそんなパシリ人生からは解放された。

女子大の文学部には独文科はなかったので、英文科に進んだ。専攻はバーナード・ショー。もちろん少しでもワーグナーと関係のある人を選んだのだ。

学業の傍《かたわ》ら、ＣＤショップのクラシック売り場のアルバイトをして、学費と生活費の足しにしている。手描きのポップ作りが上手いので重宝されているが、メンデルスゾーンやブラームスなど、ワーグナーとあまり仲が宜《よろ》しくなかった（とされている）

作曲家のディスクに対しては、露骨に手抜きをする。その代わり愛しのリヒャルトはもちろん、ワーグナー陣営のリストやブルックナーのポップには命を懸ける。

【超オススメ！　聴かなきゃ人生損します】

【世紀の名演！　正に人類の遺産！】

【持っていることを、人に自慢したくなる一枚だ！】

祢梨亜が現在ひそかにライバル視しているのは、かのバイエルンの狂王ルートヴィッヒ二世である。もちろんどちらが深くワーグナーの世界に沈潜しているかを、（心の中で勝手に）競っているのだ。

2

そんなとある日曜日のこと、祢梨亜はニュー・トーキョー・オペラハウスに『タンホイザー』の公演を観に行った。愛しのリヒャルトのためには出費を惜しまない祢梨亜が、バイト代をはたき、平土間の良い席を買って何ヶ月も前から楽しみにしていた公演である。

今回はバイロイト音楽祭でも同曲のタイトル・ロールを歌ったことのある、日本を代表するヘルデンテノール藤枝和行《ふじえだかずゆき》が出演するということで、場内はぎっしり超満員だったのだが、幕が上がっても、彼女のすぐ前だけは空席のままだった。右隣の席は夫婦で来ている上品そうな中年女性、左隣は一人で来ているらしいポロシャツに紺のジャケット姿の小柄なお爺さん。椅子の肘掛け争いなどには元々参加しない祢梨亜だが、テリトリーを越えて突き出される尖った肘に不快な思いをすることもなく大満足である。

ところが舞台が進むにつれ祢梨亜は、左の小柄なお爺さんのことが気になりはじめた。舞台がひどく観辛そうにしているのだ。見るとお爺さんのすぐ前の席に座っているのは、身長二メートル近くはあろうかという大男である。これでは多少段差があっても、焼け石に水である。

見ていられなくなった祢梨亜は、第一幕が終わったところで老人に思わず声をかけた。

「席、代わりましょうか？　私の席は、とても観やすいですよ」

老人は皺《しわ》の中に埋もれているような目を、愕いたように瞠《みひら》いた。

「それは誠に有難い申し出ですが……しかしそうすると、お嬢さんが観えなくなってしまいますよ」

「私はこう見えて、結構座高が高いですから、大丈夫です！」

「本当に、良いのですか？」

「はい！」

祢梨亜がきっぱりと答えると、老人はそれはそれはと恐縮しながら頭を下げた。

ところが席を代わっていよいよ二幕の幕が上がるという直前に、一人の男が客席の通路を小走りにやって来て、空いていた前列の席に座った。どうやら仕事か用事で遅れ、たったいま着いたものらしい。

その男性は身長も座高も極めて普通だったのだが、一つだけ問題があった。それは髪形である。まるで至近距離で爆弾の直撃でも受けたかのような、あるいはその直径でギネスに挑戦でもしているかのような、巨大なアフロヘアーの持ち主だったのだ。

老人と祢梨亜は次の瞬間、思わず顔を見合わせて噴き出した。

第三幕の前に、二人が再び席を交換し直したのは言うまでもない。

エリーザベトの自己犠牲によりタンホイザーが救済されて全曲が終わった。藤枝和行は格の違いを見せつけ、脇を固めた若手歌手たちも、期待に十分に応える歌唱を披露した。

興奮さめやらぬまま場内の灯りが点くと、老人が莞爾《かんじ》と微笑みながら話しかけて来た。

「お嬢さん。お礼にお食事でもと言いたいところですが、もう夜も遅いですし、こんな爺《じじ》い相手に食事しても詰まらんでしょうから、せめてフォワイエでシャンパンでも奢《おご》らせて下さい」

一杯だけなら、と祢梨亜は同意した。幸い先日誕生日が来て二〇歳になったばかりだ。

「ところでお嬢さん、どうしてこんな爺いに善《よ》くしてくれたのですか?」

店仕舞いをはじめているフォワイエのバーの片隅で、老人がシャンパングラスをゆっくりと口に運びながら訊いた。

「ごめんなさい。本当のことを言うと、おじいさんのためじゃなく、ワーグナーさんのためなんです」

祢梨亜は頭を下げた。

「ワーグナーのため?」

老人は愕いた顔で祢梨亜を見た。

「ええ。私もそうですけど、おじいさんはワーグナーさんが好きだからいらしてるんですよね?」

「ええ、それはまあ、そうですが」

「でも不快な目に遭ったら、嫌いになってしまうかも知れないじゃないですか。あたしはおじいさんに、ワーグナーさんを嫌いになって欲しくなかったんです」

老人は噴き出した。

「お嬢さんは自分よりもワーグナーのことが大切なんですな? しかしそんなことで嫌いになどなりませんよ」

「だったら嬉しいんですけど」

「第一それは、ワーグナーの責任じゃないでしょう」

「でもワーグナーさんの楽劇は、長いことは間違いないのですから、一旦拷問のように感じはじめたら最後、大嫌いになってしまう危険性がゼロだとは言えません。ちょうどヴェーヌスベルクでの終わりのない快楽が、快楽に倦《う》んだタンホイザーさんにとって、地獄の責め苦でしかなかったように」

老人は祢梨亜の顔をまじまじと見た。それからシャンパングラスから立ち騰《のぼ》る細かい泡へと視線を落とすと、ふうと一つ溜め息をついてから話題を変えた。

「それはそうと、ワーグナーの楽劇に遅刻して来る人というのは珍しいですなあ。私なんぞ体力がないから、ワーグナーを観る日は、他の用事は一切入れないようにしますが」

「私も極力入れないです。恐らくあの方は、二幕の終わりにバレエがあるとでも思っていたんじゃないかしら」

すると老人は、弾かれたかのように顔を上げ、再び愕きの目で祢梨亜を凝視《みつ》め直した。

「『タンホイザー』のパリ初演ですね！　バレエ目当てで第二幕からやって来たジョッキークラブの連中が、バレエが第一幕にあったことを知って、大騒ぎして舞台を妨害した」

「はい」

普段完璧に無視されることに慣れている祢梨亜は、自分のマニアックな（そして微妙な）冗談が大ウケしたことに、逆に吃驚《びっくり》した。

3

いくら世間からずれていても月日は経つ。こんな彼女も大学四年を迎え、いざ就職活動に励むことになった。漆黒のリクルート・スーツに身を包み、生まれてから一度も染めたことがない黒髪をそっけなく束ねたその姿は、まるでヴォータンの使いのカラスのよう。そのカラスが張り切って会社訪問に勤しむ。

「よろしくお願いします」

「あー和久さん、待っていたわ」

四年制女子大の良いところは、就職の際のサポート体制が充実していることであるが、どこの会社に行っても、ＯＧ訪問で迎えてくれる先輩には、すこぶる受けが良い。

「和久さん、絶対に採用されてね。あたし、和久さんみたいな素直な人と一緒に仕事がしたいわあ」

「ありがとうございます。頑張ります」

「こんなこと言うとおばさんっぽいんだけど、最近多いのよ、教わる立場の筈なのに、横柄《おうへい》な若い人が。でも和久さんみたいに素直な人だと、こちらも教え甲斐もあるわよ」

「だって先輩は年長者***elder***《エルダー》ですから。やっぱりエルダの言う事は素直に聞かないとね」

「その時々意味不明なことを呟《つぶや》く癖がなかったら、もっと良いんだけどね」

基本、頭に糞が付くほど真面目で、大学の講義にも欠かさず出席し、とりあえず学業成績に関しては文句の付けようがない祢梨亜のこと、書類選考は難なく通り、肝腎の個人面接の日がやって来た。

「それでは和久さん、我が社を志望した動機を教えて下さい」

ＯＧ訪問で素直さを褒められたことを覚えている祢梨亜、当然ここも自分の長所を積極的にアピールする場だと心得る。

「あ、やっぱりそれは、とりあえず良い会社に入って、安定した生活をゲットすることでしょうか」

「す、素直な人ですね」

銀縁眼鏡の面接官は、椅子の上でのけぞるが、祢梨亜の目には感心しているように映る。やった。長所のアピール成功だわ——。

「では、将来の夢はありますか？」

面接官は気を取り直し、流れ作業的に質問を続ける。

「夢はやっぱり夏のバイロイト音楽祭に行って、現地で『ニーベルングの指環』を全幕通しで観ることでしょうか」

「いや私が訊いているのは、仕事上の夢のことなんですが」

「ええっと、質問いいですか？」

「今はこちらが質問しているんですが、まあ良いでしょう。何でしょうか？」

「こちらの会社、夏休みは取れますか？」

「会社案内にも書いてある筈ですが、夏休みはお盆の前後の一週間です」

「有給は？」

「それも書いてある筈ですが、有給休暇は年間で二週間です」

「それは夏休みにくっつけることができますか？」

「それはその時の状況によります。みんながそれをやったら、会社の機能が停止しますので。採用されてから、配属になった部署で訊いてみて下さい。もし採用されたら、ですけど」

面接官は眼鏡の縁を光らせながら皮肉を言うが、祢梨亜には通じない。

「くっつけられないと困るんですぅ。仮にチケットがゲットできたとしても、バイトでの『指環』の上演は基本隔日なので、一週間では全部観れないんですぅ。往復の時間や他の演目も観ることを考えると、やはり最低でも二週間、できれば三週間は欲しいんですぅ」

「はあ、そうですか……」

困惑顔の面接官。

その日の夜、メールで面接の結果が来た。

和久祢梨亜様

この度は我が社を志望して頂き、誠に有難うございます。残念ながら、ご希望に添えない結果となってしまいましたが、何卒ご了承下さいませ。末筆ではございますが、和久様の今後の就職活動のご成功を心よりお祈り申し上げます。

4

当然至極の結果であるが、祢梨亜は画面を見ながら一人の部屋で首を捻《ひね》る。おかしいなあ。自分では完璧な面接だと思ったのに、一体何がいけなかったのかしら――。だがすぐに気持ちを切り替える。終わったことをクヨクヨしても始まらないわ。愛しのリヒャルトだって、その前半生はずっと就職活動していたようなものだし、無事就職できた後も、何度も歌劇場をクビになっているんだし。

第二志望の会社でも、書類選考と何人かのグループで行われる一次面接は難なくパスし、二次の個別面接の日が来た。今度こそと、携帯音楽プレイヤーで『神々の黄昏』などを聴きながら、勇んで会社へと向かう。

「Hagen《ハーゲン》, was《ヴァス》 tust《トゥスト》 du《ドゥー》?（『神々の黄昏』第三幕。意味は「ハーゲン、何をする？」）」

ハーゲンがジークフリートの唯一の弱点である背中を槍で突き刺して殺害した直後に、ギービッヒ家の家臣たちが歌う旋律などを口ずさみながら、案内に従って廊下を進んでいると、向こうから角を曲がって来た中年男性とぶつかりそうになり、慌てて避《よ》ける。

その後控室で一時間近く待たされたのち、ようやく名前を呼ばれて面接室に入ると、気難しそうな顔の中年の面接官が三人並んでいた。男性が二人、お局《つぼね》然とした女性が一人だ。

その真ん中の男性に見憶えがあるような気がして、その顔を凝《じ》っと見つめていると、向こうも祢梨亜に気付いたようだった。

「ああ、君ですか」

憶い出した。さっき廊下でぶつかりそうになった男性だ。この人、面接官だったんだ——。

「和久祢梨亜です。よろしくお願いします」

だがいざ面と向かい合うと、祢梨亜はその面接官の目に、何とも言えない敵意めいたものが籠っていることに気がついた。

「ではまず、我が社を志望した動機は何ですか？」

男性は感情を抑えたような口調で質問をはじめる。

「はい、御社の社会貢献活動に感銘を受け、ここならば自分の力が発揮できると考えました」

「将来の夢はありますか？」

「はい、御社で働き、仕事を通じて社会に貢献しながら、私自身も人間として成長することです」

さすがに前回のことを反省して、就職のマニュアル本を熟読したらしい。

「それでは学業以外で、学生時代に力を入れたことを教えてください」

「はい、ボランティア活動を頑張りました」

「具体的には？」

祢梨亜は一生懸命説明するが、途中で相手がロクに聞いていないことに気付いた。自分で質問しておいて、何で聞かないの？　祢梨亜は真ん中の男の顔を再び凝っと見つめた。

すると向こうもその視線に気付いたのか、頭の上に乗っているものに手を翳《かざ》しながら言った。

「き、君はあれですか？　初めて会った人間の、し、身体的欠陥をあげつらうのが趣味なのですかぁ？」

祢梨亜は茫然とする。

「はいっ？　仰《おつしや》っている意味がわかりませんが」

「自覚がないんですか。困った人ですね」

結局その後も、一方的に意地悪な質問を浴びせられるだけで面接は終わった。

何であんなに感じが悪かったのかしら――。

帰りの電車に揺られながら、いまだ事情が呑み込めない祢梨亜は首を捻る。あたし、自慢できるようなことは何もないけど、少なくとも他人の身体的欠陥をあげつらって楽しむような癖は、無い筈なんだけど。

何でもわざと意地の悪い質問をして学生のストレス耐性を見る、圧迫面接なるものがあるらしいけど、今日のはひょっとしてそれだったのかしら。わざとありもしない難癖をつけて、反応を見たのかしら。

だとしたら逆に感じが悪い方が、可能性あるということよね——。

そんな能天気と紙一重のプラス思考で待っていると、その夜結果のメールが来た。

うーん……。

書類選考と一次面接は通るのに、どうして毎回二次面接で落ちてしまうのかしら。ちょっと高望みしすぎなのかしら。

昼間受けた会社のOGから電話がかかって来た。OG訪問の時から一貫して親身になってアドバイスしてくれた、後輩思いの優しい先輩だ。

「何か、残念な結果だったみたいだけど」

「はい、それは仕方ないです。どうもありがとうございました」

「理由はわからないんだけど、次の会社では、面接の作戦を見直した方がいいかもね」

「ありがとうございます。でも誰にもめいめいの流儀があるもので、それを無理に変えようとしても、変わるものではありません。Alles《アーレス》 ist《イスト》 nach《ナッハ》 seiner《ザイナー》 Art《アルト》, an《アン》

ihr《イーア》 *wirst*《ヴィルスト》 *du*《ドウー》 *nichts*《ニヒツ》 *ändern.*《エンダーン》（『ジークフリート』第二幕）」

『トーキョーリング』で演出のキース・ウォーナーが舞台上部に映写したことで、俄然注目を浴びるようになったさすらい人の台詞など言ったところで、ワグネリエンヌでも何でもない相手には当然ちんぷんかんぷんである。

「そう。じゃあ余計なお世話だったわね。ごめん」

電話は切れた。

気を取り直し、勤務地、職種、初任給、全ての条件を緩めて、改めていろんな会社にエントリーシートを送る。

それと同時に就職のマニュアル本を改めて熟読する。

《面接試験では、慌てるのが一番良くありません。面接は自分という商品のプレゼンテーションです。いくら良い商品でも、商品説明がなっていなければ売れないように、あなたという人間にいくら内容があり、言いたいことが沢山あろうとも、早口で相手に伝わらなくては、プレゼンとしての価値はゼロです。就職戦線では会社側も、良い人材を確保するのに一生懸命なのは同じなのです。焦らずにゆっくり喋っても、あなたの話に魅力があれば、面接官は必ずあなたに注目します。》

祢梨亜はハタ、と膝を打つ。ひょっとして原因はこれかしら。早口すぎるのが良くなかったのかしら。

さっそく次の面接で実践してみることにした。わざとゆっくりゆっくり喋る。

「あの和久さん、何言っているかわからないです。もっと質問にシャキシャキ答えて下さい」

「いやあのこれは、*Sprechgesang*《シュプレッヒゲザング》（緊張感をもって発声される歌と語りの中間の技法）と申しまして」

5

こんな祢梨亜も、連戦連敗が続くと、さすがに焦って来た。朝、ラッシュの電車に揉まれて試験会場へと向かい、緊張しながら筆記や面接を受けてへとへとになって家路に就くが、向こうは完全に流れ作業、まだ家に辿り着く前に、その日受けて来た会社からのメールが届くこともある。

最初の頃は胸を高鳴らせながらすぐに開いていたのだが、連敗が続くと次第に開くのが怖くなる。まだダメまだダメ。あの角を曲がったら開こう――。

開くタイミングで内容が変わることなどあり得ないのに、何となく験《げん》を担《かつ》いでしまう。目の前が青信号だと、神様がメールなんか見ないでどんどん歩けと言っているような気がするし、逆に赤信号だと、縁起が悪いからいま開くのは止《や》めておけと言われているように感じられる。

そうこうしているうちに、角を曲がってしまった。まだダメまだダメ。あの橋を渡ったら開こう——。渡ってしまった。

これ以上迷っていても仕方がない。橋の袂《たもと》で立ち止まり、思い切って開いてみた。メールの最初の部分だけをチラ見する。

ああ……。

今日もまた一日が無益に過ぎ去ったことを、認めざるを得ない。帰る足はいやが上にも重くなる。橋の欄干に凭《もた》れて、昏《くら》い水面《みなも》を見ていると、ヴォルフラムではないが、夕闇がまるで死の予感《トーデスアーヌング》のように感じられる。

こうなるといよいよ神頼みである。

古来、願いを叶えるためには、一番好きなものを断つ必要があると言われているらしい。しかし元々煙草は吸わずお酒も付き合いで飲む程度、彼氏いない歴イコール年齢の祢梨亜には、禁煙にも禁酒にも男断ちにも、願いを叶える力がないことは明らかだ。

そこで祢梨亜が決心したのはズバリ、ワーグナー断ちであった。

就職が決まるまで、ワーグナーは一切聴かない。関連する活字類も一切読まない。部屋のポスターも剝がした。携帯端末の待ち受け画面も、着信メロディも全て変えた。

「和久祢梨亜です！　よろしくお願いします！」

祢梨亜は部屋に入るなり元気よく叫んだ。シュプレッヒゲザングなんてクソ食らえ、やっぱりあたしの長所は元気よ。これを見失ってはダメだわ。

「将来の夢はありますか？」

今日の面接官は全員男性だ。

「はい、御社で働き、仕事を通じて社会に貢献しながら、私自身も人間として成長することです！」

テンプレ通りの質疑応答が一通り終わると、一番右の、脂ぎった顔の面接官が、いきなりこんなことを訊いて来た。

「ええっと和久さん、彼氏はいるの？」

来た来た！　今度こそ圧迫面接ね——。

いません、と答えるのは簡単だ。実際そうなのだから。しかしそもそも就活の面接で、個人的な恋愛のことを尋ねるのはセクハラに当たる筈である。ここは怒ってもいい。

だけどここで怒ったらきっと相手の思うツボなのよね。これはストレス耐性を見ているんだから。でもただ我慢しているだけでもきっとダメ。自分の意見がない人間だと思われちゃう。毅然《きぜん》とした態度で、自分の意見を堂々と述べること。それができたらポイントアップだわ――。

「あのね、和久さん。何か言いたげな顔しているけどね、これはセクハラじゃないから。あなた総合職志望でしょ。だけど総合職で採用して、お金をかけて研修させて、たったの二、三年で結婚すると言って辞められたら、会社の方もたまんないわけ。だから訊いてるの。必要な質問なの」

「恋はご法度、または恋愛禁制」

今では滅多に上演されないワーグナーの若い頃のオペラのタイトルだが、面接官たちは茫然とする。

「それって、ずっと会社に居座って将来お局になるってこと？」

その中の一人が、笑いながら答える。

「いいえ。何故なら愛を断念する者だけが、ラインの黄金から指環を作ることができるからです！」

「はあ……」

――

もしこの時祢梨亜がセラピストに診《み》てもらったら、精神の均衡が崩れかけた危険な状態であると診断されたことだろう。

ワーグナー断ちが完全に逆効果だったのだ。元々自他ともに認める妄想癖の持ち主だった祢梨亜であるが、それでもこれまで日常生活には大きな支障はなかった。それがワーグナーを一切断ったことによって、逆に四六時中、寝ても覚めてもワーグナーのことばかり考えるようになり、現実とワーグナーの世界の境界が、一層曖昧になってしまったのだ。

だが就活で忙しい今の祢梨亜には、セラピストの許を訪れるヒマもなければその発想もない。

雨が降って一緒に雷が鳴ると、祢梨亜は思わず叫ぶ。

「ドンナーさんうるさいです！」

雨があがって虹が出ているのを見ると、

「フローさんが仕事したのね」

地震の際には当然、

「岩に縛り付けられたロキさんが身をよじったのね♡」

6

　ところがそんな祢梨亜が、どこをどう間違ったのか、とある会社で奇跡的に役員面接まで残った。

　この前は、道すがら聴いたのが『黄昏』だったのがいけなかったのよ。やっぱり縁起が悪いわよねーと、辛うじて残っている理性を振り絞り、今日は自らがワグネリエンヌになったきっかけである『ローエングリン』第一幕を脳内再生――ワーグナー断ち継続中なので――しながら、テンションを最大限に上げて面接に臨む。

　だが少々テンションを上げすぎたようだ。いざ面接がはじまっても、小さい頃から何千回と聴いて来た禁問の動機が、頭の中で鳴り続けている。

「ではまずお名前を教えて下さい」

「私が何者なのか、何処から来たのか、一切尋ねてはならない。知りたいと思ってもいけない」

　ダメダメ、危うく言っちゃうところだったじゃない。『ローエングリン』は頭から消さないと――。

「どうしました？　お名前は？」

「平安《フリートムント》とも歓喜《フローヴァルト》とも名乗ることはできません。せいぜい悲しみ《ヴエーヴァルト》とでも名乗りましょう」

「はいっ？」

ダメじゃん。『ワルキューレ』第一幕のジークムントじゃん。しかも今度は本当に言っちゃったし。

「し、失礼しました。和久祢梨亜です」

「はあ……。で、では和久さん、我が社を志望した理由を教えてください」

「あ、ええっとそれは、遠大な計画のためです」

「遠大な計画とは？」

「で、ですから指環を取り戻したいけど、呪いがかかっていて自分ではできないので、誰か人間に代わりに取り返してもらって、あ、いや、そうじゃなくてあの、まあ要するにその、簡単に言うとヴェルズングの血よ栄えよ！　ということです！」

「誰だこんな奴役員面接まで残したの」

祢梨亜は打ちひしがれて、受付近くの椅子に座っていた。もうダメ。やっと残った大事な役員面接で、一体何やってんの、あたし——。

会社に迷惑がかかるから、ここにいちゃダメ。そう思ってリクルート・スーツの黒いタイトスカートの裾を摑んで立ち上がろうとするのだが、脚に力が入らない。

「お嬢さん」

嗄《しわが》れた声に祢梨亜は顔を上げた。目の前に、ダブルの背広に身を包んだ一人の初老の紳士が立っている。そのスーツはヒューゴ　ボスだ。本人は小柄だが、まるでマフィアの親分のように長身の取り巻きを何人も連れている。どこかで見た顔だけど、誰だっけ——。

「すみません、どちら様ですか？」

祢梨亜は尋ねた。

「そう言えばあの時は、お名前も伺いませんでしたな」

老人は両手を上に挙げ、頭の上で大きな円を描いた。

「どうでしょう。これで憶い出してもらえませんか、前の席の巨大なアフロヘアー」

言われてようやく憶い出した。前回はポロシャツにジャケットというラフな恰好で、今日は最高級のダブルのスーツだから違和感が凄いが、確かにあの時の老人である。

「あら、おじいさん。お元気ですか？」

「はい、この通り、元気ですよ。お嬢さんこそ、この会社に何か用ですか？」

「あたし今日、役員面接だったんです」

祢梨亜は状況を説明した。

「と言うと、この会社を？」

老人は眉間に縦皺を寄せた。

「はい」

「ここで働きたい？」

「ええ。でもダメでした」

「他の会社は？　もう内定は幾つか貰ってる？」

「いえ、全部落ちました」

それを聞いた老人は、取り巻きの方を振り向いて言った。

「人事部の吉川《よしかわ》を今すぐ呼び出せ」

「はい」

取り巻きの一人が携帯端末を取り出して何やら話し始めた。

一人の男がすぐに鞠躬如《きっきゅうじょ》としてやって来た。さっきの面接で、面接官たちの真ん中にいて、誰だこんな奴役員面接まで残したのと叫んだあの男性だ。

老人がその男に向かって何やらまくし立てている。男は畏《かしこ》まった様子でそれを聴いている。

「会長、お知り合いのお嬢さんですか？」

その途中で、取り巻きの一人が老人に恭《うやうや》しく尋ねた。

「馬鹿め。この儂《わし》が、知り合いの娘など優遇するわけがあるか！　赤の他人だ。名前もいま初めて知ったくらいだ。だがこの娘《こ》は、絶対に他社に取られてはならない。このお嬢さんは今どき珍しい、共苦《ミットライト》の精神を持っておる。聖なる愚者、パルジファルだ！」

「はあ、しかし女子の枠は、常務の娘さんがもう内定しておりまして……」

吉川と呼ばれた男性が、額の汗をハンカチで拭いながら答える。

「あの、つけまつげのお化けか。ええい、何とかせい」

あまりの急展開について行けない。あたしがパルジファル？　聖なる愚者？　褒められてるの？　それとも貶《けな》されてるの？

「お嬢さん」

しばらくすると、件《くだん》の老人が輪から離れ、再びゆっくりと近づいてきた。祢梨亜はおずおずと立ち上がる。

「いま協議させておりますが、面接の結果自体は、いくら私でも変えられません。そこでとりあえず会長――要するに私ですが――の個人秘書という形で雇いたいと思っているのですが、それでも宜しいですか？　英語もできるよね？　ドイツ語の方が得意そうだけど」

「は、はい。いちおう英文科なのである程度は。あ、あ、ありがとうございます」

祢梨亜の両目から、大粒の涙が零《こぼ》れた。

「おおっと、泣かない泣かない」

「わ、わ、私の人生、てっきりショーペンハウエル的結末だと思っていたのに、実はフォイエルバッハ的結末だったんでしょうか」

「わっはっは」

老人は呵呵大笑《かかたいしょう》した。

「ショーペンハウエル的結末とフォイエルバッハ的結末、ワーグナーがある時期までどちらにするか、迷いに迷っていた『ニーベルングの指環』の二つの結末案ですな。いやあお嬢さん、いつもの調子に戻ったようで安心しました。しかしお嬢さん、同じワグネリアンである私には良いですが、他の人間に対しては、今後ワーグナーネタはなるべく控えるようにして下さい」

「それなんですが……」

祢梨亜は願掛けとワーグナー断ちのことを話した。

すると老人は顔色を変えた。

「なるほど、それでわかりました、この前に比べて、どことなく心身のバランスが崩れているように見える理由が。それは恐らくお嬢さんには逆効果ですよ。今すぐ帰って、嫌になるくらいワーグナーを聴きなさい！」

「は、はい。そうします！」

「身体の全ての細胞に、ワーグナーを浸み込ませなさい！」

「せ、聖杯城から救済にやって来る白鳥の騎士は、おじいさんだったんですね」

「だから、今はそういうのはいいから。それよりご両親に教えてあげなさい。心配なさっているでしょう」

「はい、では。飛び立てカラスたち、そして告げよ、ここラインの畔《ほとり》で見たことを！」

「だから、やめなさいって」

老人の額に青筋が一本浮かんだ。

「はい、すみませんでした。では救済者に救済を！ Erlösung《エアレーズング》 dem《デム》 Erlöser《エアレーザー》!

（『パルジファル』第三幕）」

老人の額の青筋がぴくぴくと痙攣した。

「だから、やめなさいって」

三　或るワグネリアンの栄光

1

地下鉄の駅を降りて三ブロックほど歩くと、民放キー局の東都テレビがある。年間平均視聴率は、キー局の中で下から数えた方が早いものの、番組企画力が高いので若者には人気がある局だ。

局が近づくにつれ、街並みが少しずつ軽薄になって行くのが感じられる。俺は別にマスコミ嫌いではない——だったらそもそもこんなところには来ない——のだが、それはどうしようもない事実である。地方からやって来た修学旅行生たちが、局の番組で誕生したキャラクターグッズを売っている店に群がって、なけなしの小遣いを浪費しているのを横目で眺めながら、俺は通用門へと回り、通し番号の打たれたハガキを守衛に見せ、〈GUEST〉と書かれたバッジを受け取って局の中に入った。

俺が今日ここにやって来たのは、〈カルテッシモQ〉に出演するためだ。今日一日で予選と本番収録が行われることになっている。

〈カルテッシモQ〉は東都テレビで週に一度、深夜に放送されているクイズ番組である。毎回決められた一つのテーマを巡って、マニア向けのカルトな問題が出題されることで知られており、平均二％前後の視聴率を誇っている。何だたったの二％かと言うこと勿《なか》れ。これは深夜の時間帯では、なかなかの数字だ。

そもそもカルテッシモとは、〈カルト〉をイタリア語の形容詞男性形と見做し、それに絶対最上級のしるしである語尾 -issimo を付けたものだから、当然「最もカルトな」という意味になる。その番組名に恥じず、毎回一般の視聴者はとてもついて行けないようなディープな問題が出題され、こんなのわかる奴いるわけないだろうと思って見ていると、次の瞬間には解答ボタンが押され、平気な顔で正解するマニア――いまカタカナで書いたが、もし校閲から文句が来なければ、できることならば「狂人《マニア》」という漢字とルビの組み合わせを使いたいくらいだ――が現れる。視聴者はその何かの役には決して立たないような知力と精神力の無益な鍔迫《つばぜ》り合いを見て呆れ、感嘆し、楽しむのだ。

もっとも深夜枠だからこそ成立している番組であることも事実であり、東都テレビの編成部が調子に乗ってこの番組をゴールデンタイムあたりに持って行ったら、大コケで即刻打ち切りになることは必定《ひつじょう》だろう。こういうのはニッチだからこそ面白いのであり、それを大衆化・一般化しようとしたら、まるで別物になるか、大失敗するのは目に見えている。

今日収録される回のテーマは《リヒャルト・ワーグナー》、言わずと知れた、かの十九世紀ドイツの大作曲家である。そして俺はガキの頃から、自他ともに認める熱烈なワグネリアン。普段の放送では、狂人《マニア》たちのプライドをかけた情熱と知力の蕩尽《とうじん》を、テレビの前でただ楽しんでいるだけの俺だが、このテーマならば優勝はもらったと思い、気が付いたら番組HP上の応募フォームに必要事項を記入して送信ボタンをクリックしていた。するとそれから二週間ほどして、さきほど守衛に見せた番組収録への召集令状、いやもとい案内ハガキが来たのである。

まず大部屋に全員集まって、予選が行われた。四〇分間の筆記試験だ。問題は前半が三択で、後半は普通の記入式だった。

大部屋にはざっと一〇〇人前後はいただろうか。このうち本選出場者はたったの六人に絞られるらしい。そもそもエントリーしてこのスタジオくんだりまで来ている時点で、ほぼ全員が自他ともに認めるワグネリアンまたはワグネリエンヌである筈で、本選出場はその中からさらに倍率十数倍という極めて狭き門なわけだが、問題を解きながら俺は心の中で鼻歌を歌っていた。前後左右の席の人間が頭を抱えたりふうふう言っているのが聞こえたが、生粋《きっすい》のワグネリアンの俺の目には、はっきり言って一般教養程度の問題としか思えなかったからだ。

たとえば後半の記入式の問題だが、

「ワーグナーの対位法の先生の名前は？」

「自他共に認めるワグネリアンで、一八九八年に『完全なるワーグナー主義者』という本を著したイギリスの劇作家は？」

こんな屁みたいな問題ばかりなのだ。もちろん前者の答えは**テオドール・ヴァインリッヒ**で、後者の答えは**バーナード・ショー**だ。あまりにも楽勝すぎて欠伸《あくび》が出てしまう。

時間が来てADらしき若い男が解答用紙を回収して行った。周囲では友達同士なのか、わいわいがやがやと答え合わせが始まっているが、俺は一人席に座ったまま、余裕綽々《しゃくしゃく》で結果を待った。

マークシート方式の三択問題は、機械にかければ一瞬で採点が終わる。記入式の採点は手分けしての手作業なのだろうが、それでも約五〇分後には壁に結果が貼り出された。

それを見た俺は目を疑った。

何と俺は三位だった。

とりあえず上位六人には入っているので、予選通過は無事果たすことができたわけだが、とてもそれを単純に喜ぶ気持ちにはなれなかった。何だと？ この俺様よりもできたやつが、この中に二人もいるだと？

どうやら俺は、引っかけ的な三択問題を一つ間違えていたらしい。そして上位の二人は、全問正解だったらしい。わずか一問間違えただけで予選三位に甘んじる結果になった俺は、決勝に向けて気持ちを新たにした。気合を入れろ。これは今日は、とんでもないハイレベルな戦いになるかも知れないぞ——。

2

予選通過の六人が楽屋に集められて、フロアディレクターを名乗るチョビ髭の男から、本番収録に向けて細かな説明を受けた。これまで胸にずっとつけていた〈GUEST〉のバッジを外すように言われる。

それから本番収録まで、またしばらく待たされた。どうやら司会のお笑いタレントの到着が遅れているらしい。

孫子《そんし》曰《いわ》く、彼《か》を知り己《おのれ》を知れば、百戦殆《あや》うからず。俺はこの時間を利用して、トップ通過の二人を観察した。一人は男性で一人は女性だ。

まず森山という名前の男性。年齢は三〇代前半。如何《いか》にも生真面目そうな、学校の優等生タイプ。既婚らしく左手の薬指には結婚指環を嵌めている。俺はさっそく話しかけた。

「予選満点だったんだって？　すごいねえ」

「いやいや、それほどでは」

森山は頭を掻いた。

聞くと森山は商社マンで、何と現在はベルリン在住。今回はわざわざ休暇を取って一時帰国しての参加だと言う。

「ネットを検索していたら、この番組のＨＰにたまたまぶつかって、これはどうしても出たいと思って、一時帰国を兼ねて会社にバカンスを申請したところ、運よく認められて」

これはかなりの強敵だ。俺は一層気を引き締めた。

「森山さんはどうしてワグネリアンになったの？」

「それはもちろん、ワーグナーが好きだからですけど、それに加えて僕は名前が利和と言って」

「ああ……」

なるほど、そういうことか。生粋のワグネリアンである俺には、それだけで言わんとすることがわかった。俺はそのまま声を潜めて続けた。

「でも、あちらの女性もすごいよね。やっぱり満点だって」

「多分、彼女の方がすごいと思う」

森山は銀縁眼鏡の位置を直しながら言った。

「どうしてそんな風に思うの？　彼女を知ってるの？」

「いや、何となく、だけど。女性というのは底知れないところがあるから」

「何かあったの？」

「いや別に……」

森山は言葉を濁した。一体何があったのか知らないが、結婚後それほど時間は経っていない——一般論だが、男は結婚して数年経つと指環を外す人間が多い——様子なのに、もう女性恐怖症になるくらい尻に敷かれているということだろうか？

そのもう一人の満点の女性は和久という名前で、まだ若く、二〇代だろう。こちらも一見すると普通のＯＬにしか見えない。しかもなかなかの美人である。柴崎《しばさき》という、決勝に残ったもう一人の女性と話している。

　その柴崎がお手洗いに立った隙に、和久嬢に話しかけることに成功した。俺は物腰がソフトで、三六〇度どこから見ても紳士なので、誰とでもすぐに仲良くなれるのが数多い特技の一つだ。

　聞くと和久嬢は、ある会社の会長秘書をしているという。会社名を訊くと、誰でも知っているような大企業だったので、ちょっと愕いた。さすがは満点通過者、いろいろとレベルが高い。

　とここで、ＡＤが俺たちを呼びに来た。いよいよ決勝がはじまるらしい。ＡＤに先導されて、俺たちは六つの解答席が並ぶ見慣れたスタジオへと足を踏み入れた。

　解答席の椅子は背もたれがない丸いスツールタイプで、思ったより座り心地が悪い。いつも見ているテレビの画面で、解答者が常に前かがみになっているのはこのせいかと俺は合点した。

　全員が解答席に座ってから、また細かい注意があり、カメラリハーサルなるものがあり、それが終わってからようやく決勝の収録が始まった。予選で敗退した連中が、スタジオ奥に設《しつら》えられた観覧席で、俺たちの姿を羨望の眼差しで見つめている。

　司会のお笑い芸人が、番組冒頭の決まり文句を言い、軽くつかみのギャグを入れた。あまり面白くないが、隣に立っているアシスタント役の女子アナが、身をよじって笑う。

「それでは最初は早押し問題です」

お笑い芸人がカメラ目線で言う。

「カルテッシモQ！」

女子アナが言う。

男性アナウンサーのナレーションが、問題を読み上げる。

「『神々の黄昏』の直筆総譜の最終頁に、ひとことだけ書かれた言葉は？」

楽勝問題だ。俺はすかさずボタンを押した。目の前のランプが点く。

「はい、お答えをどうぞ」

「『もう何も言うまい』！」

「正解です！」

俺の頭のすぐ後ろにある電光掲示板を取り囲んでいるランプが点滅し、電光掲示板に一〇の数字が表示される。

「いやーさすが早いですね」

女子アナが莞爾《にっこり》と微笑む。

「解答者のみなさんは、『もう何も言うまい』じゃなくて、どんどん解答して下さいね」

司会者の言葉にスタッフはどっと笑うが、出場者や観覧者の間には微妙な雰囲気が流れる。だがきっとオンエアの時には《笑い声》の素材が被せられ、あたかもスタジオ中が大爆笑しているような雰囲気になるのだろう。

「それでは、次の問題です」

「カルテッシモQ！」

「現在の、日本ワーグナー協会の理事長は？」

俺は目にも留まらぬ速さでボタンを押した。目の前のランプが再び点く。

「はい、お答えをどうぞ」

「三宅幸夫《みやけゆきお》！」

「はい、正解です。さすがに間違えませんね」

司会者は俺に向かって笑いかけた。俺の背後の電光掲示板の数字が二〇に変わった。

「さあこの調子でどんどん行きましょう。次の問題です」

「カルテッシモQ！」

「ワーグナー最後の浮気相手の名前は？」

俺はすかさずボタンを押した。

だが今度は、森山の方が一瞬早かった。

「はい、どうぞ」

「キャリー・プリングル」

「正解です！」

　さすがはジークフリート森山。俺同様、この程度の問題は常識の範囲なのだろう。『パルジファル』の初演の時に、六人の花の乙女の一人を演じたソプラノ歌手だ。それにしてもこの時ワーグナーは六十九歳だった筈だから、英雄色を好むと言うか何と言うか──。

　だが問題が進むにつれて、俺は森山の弱点に気が付いた。

　確かに知識は申し分ないのだが、早とちりも多いのだ。

　たとえば問題が、

「ワーグナーも参加した一八四九年のドレスデン蜂起で」

と、ここまで聞いただけで解答ボタンを押してしまうのである。恐らく早押しのクイズ番組に出場経験があり、その時の癖なのだろう。

「はい、まだ問題の途中ですが、森山さん、どうぞ！」

「バクーニン！」

　不正解を示すブーという音が鳴る。森山はしまった、という顔をする。

「残念でした。この問題は森山さんはもう解答権がありません。それでは問題をもう一度読みます。よくお聞きください」

「ワーグナーも参加した一八四九年のドレスデン蜂起で、仲間たちが逮捕される中、ワーグナーだけが逃亡に成功した理由は？」

解答権のないジークフリート森山を尻目に、俺は悠然とボタンを押す。

「はい、どうぞ」

「『蒼色天使』に、着くのが遅れたため」

「ええっと、つまり、その……」

司会者が視線を空中に彷徨《さまよ》わせる。

「え？　だから、ドレスデン臨時政府の集合場所であるホテルに、到着するのが遅れたため！」

「せ、正解です！」

モニターには、〈答　**遅刻したため**〉というテロップが流れている。どうやら俺は、出題者が求めている以上の情報を入れてしまっていたらしい。

横目でちらりと見ると、ジークフリート森山が悔しそうに下唇を噛んでいる。問題を最後まで聞けば、もちろん正解できたのだろう。

いま彼がやったように、カンを働かせ、問題の途中でボタンを押して解答権を確保するのは、一般的な早押しクイズ番組では必勝法なのだろうが、それは問題が、最後まで聞けば誰でもわかるような簡単なものの場合に限られると思うのだ。この番組は、そういう浅い知識では到底太刀打ちできないようなマニアックな問題ばかりなのだから、必勝法も当然変わって来る筈なのだ。

それはさておき、この時逮捕されたレッケルとバクーニンは、共に死刑判決を受けたわけだから、我らがリヒャルトのこの時の遅刻は、人類史上最も有益な遅刻の一つに数えられてしかるべきだろう。二人とものちに恩赦を受けてはいるものの、バクーニンがシベリア経由でイギリスに亡命できたのは十二年後の一八六一年のことで、レッケルが釈放されたのはさらにその翌年のことだから、もしもワーグナーが彼らと一緒に逮捕されていたら、彼らと同じように優に一〇年以上は自由を奪われていたことだろうし、そうしたら今日《こんにち》我々の許に遺されたワーグナーの作品群は、現在のそれと比べ、はるかに矮小なものになっていた可能性が高い——。

早押し問題が終わった時点で、トップは同点で俺とジークフリート森山の二人。予選満点だったもう一人の和久嬢は、意外に揮《ふる》わず、いまだ〇点だ。

続いてイントロ当てクイズ。曲の冒頭を聴いて、早押しで曲名を答えるクイズ番組の定番中の定番問題だ。

だがそこは天下の〈カルテッシモQ〉のことだから、『ニュルンベルクのマイスタージンガー』や『ローエングリン』などの、最初の一音を聴いたら誰でもわかるような問題は、一切出ない。無伴奏男声合唱曲『歌声をあげよ』だの、『アルバムの一葉《アルバムブラット》・

変ホ長調』だの、極めてマニアックな作品ばかりである。ここでは都築《つづき》という気難しそうな顔の中年男が、五問中二問正解して二〇点ゲット。俺はもちろん全曲わかったのだが、早押しで敗れて一問しか取れなかった。残りはジークフリート森山が一問、そして最後の一問は、やはりここまで〇点だった柴崎嬢が取った。

この結果、トップは俺と森山で変わらず。和久嬢はいまだに〇点で最下位。何だかちょっと意外な展開だ。

3

続いて記述問題。問題が読み上げられ、各自制限時間内に目の前の液晶パネルに、タッチペンのような筆記具で答えを記入して行く方式だ。この問題は得点が、これまでの倍の一問二〇点になるという。

テレビではこういう場合、問題が読み上げられ、答えを書く解答者の姿がほんの一瞬映っただけですぐに解答場面へと移って行くのが常だが、もちろんあれはカットされているのであり、実際には一問につき三分ほど考えて書く時間が与えられる。

「それでは、次の問題です。解答はパネルにお書きください」

「カルテッシモQ！」

「トーマス・マンの義父であり、熱烈なワグネリアンだったプリングスハイムが、アンチ・ワグネリアンの頭をビアジョッキで殴った事件のことを、何事件と言う？」

「うーん……」

他の解答者たちは頭を抱えている様子だったが、俺は即座にパネルにタッチペンを走らせた。制限時間が終わるのを手持ち無沙汰に待つ。

ようやく制限時間が終わった。

「それでは、解答を見てみましょう！」

次の瞬間、解答席の後ろの大型パネルが開き、全員の解答が一斉に映し出された。六等分されたパネルのうち、四つは暗いまま。二つだけが赤く光っている。光っているのは俺のパネル、そして和久嬢のパネルだ。

「はい、正解者はお二人。答えは〈ショッペンハウアー事件〉です。これはあの哲学者のショーペンハウエルと、何か関係があるんですかね？」

司会者はわざとボケているのか、本当にわかっていないのか知らないが、何の関係もない。ショッペンはビールの量を表す単位で、ハウアーは「一撃を食らわせる人」という意味だ。詳しく知りたい人は『ワーグナーシュンポシオン　2015』の江口《えぐち》さんの文章を読んでくれ。

それにしても、俺が正解するのはまあ当然だとして、和久嬢も正解したのはちょっと愕きだ。すごいな。大企業の会長秘書をやりながら、『ワーグナーシュンポシオン』にも目を通しているのか？

「さあ、どんどん行きましょう。次の問題です！」

「カルテッシモＱ！」

「**ワーグナーとジュディット・ゴーティエの間に取り交わされた恋文の、経由を引き受けていた理髪師の名前は？　パネルにお書き下さい**」

　はあ？　俺は頭を抱えた。何だそりゃ。恋文の経由を引き受けていた理髪師の名前？

　さすがにこれはマニアックすぎるだろ。第一ワーグナーの音楽とは何の関係もないじゃないか――。

　結局俺の前の液晶パネルは、三分経っても真っ白なままだった。

「それでは解答を見てみましょう」

　次の瞬間、全員の解答が一斉に開いた、唯一赤く光っているのは和久嬢のパネルのみ。そこには、

「**シュナップアウフさん**♡」

　という丸文字が。

「和久さんのみ正解です！」

俺は絶句した。何なんだこの娘《こ》は。どうしてこんなことまで知ってるんだ——。

4

和久嬢が追い上げて来た。記述問題になってからは何と全問正解だ。元々実力は申し分ないわけで、恐らく良くも悪くもおっとりしている彼女にとって、早押しは一番苦手な出題形式だったのだろう。

さらによく観察すると、和久嬢の秘密が何となくわかって来た。

とにかく没入度が凄いのだ。

たとえば、

「ヴァーンフリート館の庭園に埋葬されているニューファンドランド犬の名前は？」

という問題が出たとする。俺なんかは頭の中の知識を総動員して、「ルス」と答えるわけだが（ワーグナーとコジマが留守にしている間、犬がルス番しているイメージで記憶している）、彼女はその時その場にすっと入って行って、答えを〈見て戻って来る〉感じなのだ。それもヴァーンフリート館の庭に行って碑に刻まれた文字を見て来るのではなく、時空を超えて、コジマとワーグナーが犬を可愛がっているところを見て、何と呼ばれているかを「聞いて来る」感じなのだ。

何なんだこの娘は。恐山《おそれざん》のイタコか何かか？

このままでは追いつかれるのも時間の問題だ。俺は少しずつ焦りはじめた。

「それでは次の問題です！」

「カルテッシモQ！」

「これから『トリスタンとイゾルデ』の一節が流れます。トリスタン和音が鳴った回数をお書きください」

ほう、出題者が誰なのかは知らないが、これはなかなか面白い問題を考えたものである。しかも俺の得意分野だ。トップ固めをするべく、俺は全身を耳にして集中した。余計な音を出さないようにだろう、スタジオ内もひっそりと静まり返り、緊張感が走る。

ところが針一本落ちてもわかるような静寂の中に流れ出したのが、あまりにも有名な第一幕の前奏曲の冒頭部分だったので、俺は拍子抜けがした。何だここかよ——。チェロの単旋律による上行音型の後、半音下がってすぐに、一回目のトリスタン和音が現れる。下からＦ－Ｈ－Ｄｉｓ－Ｇｉｓ。

休符を挟み、高さを変えて冒頭の旋律が繰り返される。そしてすぐにまた、二回目のトリスタン和音。今度は下からＡｓ－Ｄ－Ｆｉｓ－Ｈだが、各音の間隔は一回目と全く同じだ。

曲はまだ続いている。次は再び四小節あと、楽譜にsf《スフオルツアンド》の指示があるところで、また高さを変えて、三回目のトリスタン和音が鳴ることになる。

だが俺はここで、はたと考え込んだ。

余りにも簡単すぎないか？

これはマニアの殿堂、天下の〈カルテッシモQ〉の決勝だぞ？

ひょっとしてこれは、引っ掛け問題なのではないのか？

などと考えているうちに、アウフタクトを含めた第十一小節目、予定通り三回目のトリスタン和音が鳴った。今度は下からC－F－Gis－D。音型はそのまま上昇して、十四小節目のフェルマータのところで曲が止まった。

「それでは答えをお書きください！」

液晶パネルにタッチペンを走らせかけて俺は手を止めた。どうにも不自然だ。やはりあまりにも簡単すぎる気がする。

そうか、わかったぞ――俺は次の瞬間、心の中で叫んだ。やはりこれは引っ掛け問題だ。三回と思わせておいて、答えは二回なんだ！　きっとそうだ！

トリスタン和音にはいろんな定義がある。半減七和音の一種と考えても良いし、ドッペルドミナントの第五音を下げた第二転回形と考えても良い。ドッペルドミナントとはもちろん、主和音《トニカ》に対する属和音《ドミナント》の属和音《ドミナント》だ。

だが極めて即物的に表現すると、下から増四度、長三度、完全四度となるように重ねられた四つの音から成る和音と言うことも可能である。

一回目と二回目は問題ない。だが三回目のトリスタン和音（と一般に認知されているもの）はちょっと違っている。頭の中で、下からC－F－Gis－Dを重ねてみて欲しいのだが、実は一回目二回目のトリスタン和音を、上下ひっくり返した形になっているのだ。つまり下に完全四度が来て、上に増四度が来ているのである。従って厳密派と呼ばれる学者や演奏家の中には、これをトリスタン和音に含めない人もいる。たとえば新国立劇場の現在のオペラ芸術監督であるI氏なんかがそうだ。

俺は液晶パネルに大きく『2』と書いて、自信満々で正解発表を待った。ふっふっふ、出題者め、それなりに凝った問題を出したつもりだろうが、俺様の前では児戯に等しかったたな！

「それでは解答を見てみましょう」

司会者の言葉に、背後のパネルが一斉に開いた。

「お一人以外は全員正解です！」

六つのパネルのうち、俺のパネルだけが暗いまま。他の五つのパネルは赤く光っており、そこには『3』の文字が。

俺はずっこけた。クソ、やられた。考え過ぎた！

5

そこから先は、逃げる俺、ぴたりと付いて来るジークフリート森山、追い上げる和久嬢と、三つ巴《どもえ》の激しいデッドヒートが繰り広げられた。

ジークフリート森山の実力は、やはりなかなか大したものだ。この俺様が振り切れないのだから。

だが和久嬢の追い上げはさらに凄まじかった。何と最下位から、一気にトップを狙える位置まで上って来たのだ。まるで二〇〇〇年根岸ステークスにおけるブロードアピールのような大外からの一気の差し脚だ。俺も必死に点数を積み重ねて行くのだが、それでもその差は少しずつ縮まっていく。

「いやー大接戦ですね」

「さすがは〈カルテッシモQ〉ですね」

番組的には非常においしい展開なのだろう、司会者と女子アナが、莞爾《にこやか》に微笑み合う。

ところで、壁際のテーブルでストップウォッチを押したり止めたりしていたトレーナー姿の女——タイムキーパーと言うらしい——が、卓上のベルをチリンと鳴らした。

スタジオ内にさっと緊張が走る。司会者と女子アナは、カメラに向かって背筋をぴんと伸ばす。

「次がいよいよ最後の問題です！」

「最後の問題は、得点が倍の四〇点です！」

「そして最後の問題は、再び早押し問題です！」

そうなのだ。最終問題が記述式だと、全員正解あるいは全員不正解の可能性があり、それでは盛り上がりに欠けるということで、この番組は最終問題を必ず早押し問題にして、正解者がただ一人になるようにしているのだ。しかも得点がさらに倍。テレビで見ている時には、これが一発逆転劇を演出して面白いのだが、現在トップの俺としては、何とも悩ましいルールだ。

現在の得点は俺が二二〇点でトップ、和久嬢が二一〇点、ジークフリート森山が一九〇点、つまり三人のうち、実質この問題を取った者が優勝ということになる。これまで蜿蜒《えんえん》とやって来たのは何だったんだよと一言文句を言いたくもなるが、俺自身のミスがこういう点差にしてしまった面もあるのだから仕方がない。

それにしても難しい状況だ。消極的に行って、二人のどちらかに答えられて、トンビに油揚げを攫《さら》われるのは悔しい。かと言って引っ掛け問題に慌てて答えてお手つきにでもなってしまったら、解答権を失った俺を尻目に、二人のどちらかが悠々と答えるのを、地団太踏みながら眺めなければならない。

もちろん現在トップの俺が有利な点もある。たとえば最後の問題が超難問で誰も正解できなかった場合は、そのまま俺の優勝になるわけだ。またトップ三人以外の解答者が取ってくれた場合も、やはり俺の勝ちになるわけだが、ここまでの流れを見る限りそれはあまり期待できそうにない。

一方和久嬢やジークフリート森山は、とにかく次の問題を取ったら勝ち、取れなければ負けという単純な立場だから、問題の一部を聞いた時点で、多少フライング気味でも一か八かの勝負に出て来ることだろう。次の問題に正解すること、それ以外に考えるべきことは何もない。和久嬢は早押しを苦手にしているが、彼女だけがわかる問題ならば、そんなことは関係ない。

結局のところ、やはり俺も勝負に出るしかないということだろう——。

「それでは最後の問題です！」

「カルテッシモQ！」

「それでは再び『トリスタンとイゾルデ』の一節が流れます。トリスタン和音が聞こえた瞬間に、解答ボタンを押してください」

スタジオ内がちょっとざわめいた。何と最後にまたこの出題形式とは——。

「お静かに願います」

司会者の言葉に、観覧席もスタッフも再び静まり返る。

そして全員が息を呑むような静寂の中、今度流れ出したのは、第二幕の中間部、トリスタンとイゾルデによる二重唱の部分だった。俺の脳内には、スコアのその頁が即座に浮かぶ。Mäßig langsam の速度表示の下、トリスタンが*O*《オー》 *sink*《ジンク》 *hernieder*《ヘアニーダー》*, Nacht*《ナハト》 *der*《デア》 *Liebe*《リーベ》（夜の帳《とばり》よ、下りて来い、おお、愛の夜よ）と歌い出すところだ。それから三小節遅れて、音程を変えてイゾルデがそれを繰り返して行く。

誰もボタンを押さない。それもその筈、旋律は静かに上行しては下がるだけ。伴奏も一定の音型がずっと続くだけ。全曲を通じて常に不穏な雰囲気が支配するこの革新的な楽劇の中でも、最も穏やかな箇所と言っても良い。トリスタン和音はもちろん、減七や半減七などの複雑な和音は完全に影を潜めている。

俺は唸った。まさか、ここを訊いて来るとは――。

だがさっきの問題で、今回の出題者の考える〈トリスタン和音〉のストライクゾーンが、広目なことはわかっている。

そうか、わかったぞ！

今度こそ出題者の意図を見抜いた俺は、心の中で膝を打った。

なかなかやるな、出題者。さっきのあの問題が、この最終問題への伏線にもなっていたとは。多少変形されていてもトリスタン和音と見做すということを、ああいう形であらかじめ示しておいたというわけか！

ならば行くしかない。途中で拍が9／8に変わり、イゾルデがdaß《ダス》 ich《イッヒ》 lebe《レーベ》（私が生きていることを）と歌い終わったところで、俺は力強くボタンを押した。

「あ、ボタンが押されました。一体今のどこにトリスタン和音がありましたか？」

「横だ横。今の箇所は、トリスタン和音をばらばらにして旋律にしているんだ。つまり、水平に使われたトリスタン和音！」

司会者の目が、大きく瞠《みひら》かれた。

「せ、正解です！　そしてこの瞬間、優勝が決定しました！」

俺の席の上のくす玉が割れた。

勝った――。

俺は紙吹雪を浴びながら両腕を突き上げてガッツポーズを決めた。

それにしてもハードな戦いだった。安堵のあまり、俺はそのまま丸い椅子に深くへたり込んだ。

カメラが接近して、そんな俺のバストアップを舐めるように撮っている。

「優勝は東京都の三宅さんです！　いやー万遍なく全ての問題に強かったですね」

「いいえ、紙一重でした。最後までどうなるのかわかりませんでした」

俺は掌を胸の前で左右に振った。

「今のお気持ちはどうですか」

「あ、優勝できて吻《ほ》っとしています」

「では特別賞として、日本ワーグナー協会理事長の三宅幸夫さんから、ニュー・トーキョー・オペラハウスでのワーグナー公演の、ペアチケットの贈呈です！　って三宅さん、何ご自分で出場して優勝してるんですか！」

「ですから、優勝できて吻っとしています」

レゾナンス

I

1

僕は時折、この世界を秘密裡《り》に司《つかさど》っているのは、目には見えない〈共鳴《レゾナンス》〉の力なのではないかと考えることがある。

〈共鳴〉というこの言葉から、ほとんどの人が最初に連想するのはやはり音楽だろう。今から数万年以上前の旧石器時代の遺跡から、動物の骨に孔《あな》を開けたものが出土しているし、ウガリットで発見されたフルリ語の文書の中からは、史上最古の楽譜とおぼしきものが見つかっているという。どうやら我々人類が〈音楽〉を手に入れたのは、一般に想像するよりもはるかに昔のことらしいのだ。用いる骨の長さによって音の高さが違うことも、開けた孔を開閉することで音程を変えることができることも、かなり昔から経験的に知られていたのだろう。

やがて細い骨ではあまり大きな音が出ないことに気付いた者が、獣の角を刳《く》り抜いて使うことを思いついた。二本以上を同時に、あるいは交互に吹き鳴らしたところに、恐らく人類最初の合奏が生まれた。両者のリズムを統一するために、誰かが近くにあった物を叩きはじめた。

そしてそれ以降の音楽の歴史は、少なくてもつい最近までは、少しでも良い〈共鳴〉を求める歴史だったと言い換えることが可能である。人並み外れて耳の良い誰かが、洞穴や石窟のような残響の多いところである高さの音を出すと、反響して聞こえて来る音の中に、自分たちが出していない高さの音が含まれていることに気がついた。倍音の発見だ。この倍音を試しに手分けして同時に歌ってみると、実に耳に快い。ハーモニーの発明だ。やがてみんなと同じ旋律で歌うことに慊《あきた》らなくなった者が、主旋律の少し上や下の音を歌うことをはじめた。

あるいはそれは、ある決まりきった旋律をオスティナート風に模倣反復しているうちに、偶然生まれた美しい響きだったのかもしれない。交互に歌う対唱の、模倣間隔が詰まって来るとそれはカノンになり、違う旋律を同時に歌えばポリフォニーになる。最初は至極単純なものだったことだろう。オクターブに完全五度や完全四度が混じる程度のものだったのだろう。だが声部数の増大と対位法の発達は、一瞬一瞬の微妙な共鳴の変化を生み出すことになった。多声曲のどれか一つの声部が半音下がるだけで、そこには偶成和音が生まれる。やがて楽譜と記譜法の発明によって、それまで漠然と経験的にしか捉えられなかった〈共鳴〉の秘密が、徐々に明らかになって行った。

もちろん音楽だけが単独で発展したわけではない。同じ高さの音を出す管の容積は常に一定だから、その中へ収まる穀物の量も同じになる。古代の大陸にその版図《はんと》を拡げた帝国は、それによって広大な領土の統治に必要不可欠な、度量衡《どりょうこう》の統一が可能になったのだ。

長い間には無数の楽器が生まれ、また廃《すた》れて行ったことだろう。その中のあるものは、無数の改良が重ねられながら生き残った。古代に楽器の王様の座を占めていた竪《たて》琴《ごと》は、その後その地位を失って行ったが、弦を指で押さえることによってその長さを変え、さらに爪《つま》弾《び》くのではなく弓のようなもので擦って音を出す形に進化することによって、再び王座へと返り咲いた。いろんな試行錯誤の末、その時擦って音を出す弓に張るのは、馬の尻尾が最も良いということになった。

動物の骨で作っていた管はいつしか葦や木製の管へと変わり、一定の間隔で小孔を開けることによって、たった一本で音階の音すべてが出せるようになった。刳り抜いた獣の角を吹いていた者は、いろんな素材を使って試してみるようになった。ありあわせのものを、ありあわせのもので叩いていた者の中に、鞣《なめ》した動物の皮を拡げて枠に嵌め、それを桴《ばち》で打つことを思いついた者がいた。

そこには今日《こんにち》名前も忘れられた無数の人々の、創意工夫が込められていたのに違いない。共鳴板に亀の甲羅《こうら》を使ってみたり、猫の毛皮を貼ってみたり、アルマジロを使ってみたり、世界各地で、その場で手に入るありとあらゆる素材を用いた無数の試行錯誤が行われたことだろう。持ち運びが容易になった打楽器や角笛は、戦場での進軍の景気づけや、部隊間の連絡などにも使われるようになった。

かつて羊の腸を縒《よ》って作られていた弦楽器の弦は、近代になると化学繊維や金属で作られるようになり、さらに楽器の大きさを、ひいては張れる弦の長さをさまざまに変えることによって、出せる音域はどんどん広がった。いちいち弦を指で押さえて長さを変えるのが面倒だと考えた者が、あらかじめいろんな長さの弦を一列に並べておいて、鍵盤を押すことで連動式でそれが撥《はじ》かれる仕組みを思いついた。

さらに大きな音と表現の幅を求めて、弦を撥く代わりにハンマーで叩く機構が発明された。枠に嵌められた鞣し皮も、引っ張る強度によって自由に音程を作れるようになった。自然倍音しか出なかった角笛は、丸まったり長く伸びたりしたが、バルブを使って内部の全長を変えることによって、やはり音階が吹けるように進化した。調性が誕生し、純正律に代わって平均律が導入されたことで、曲の途中でいつでも転調することが可能になった。

心地よい響きばかりが続くのに飽きて来た人類は、特に近代になってから、わざと耳ざわりな音を少し入れてみるようなこともはじめるようになった。不協和音が続いたあとにそれが〈解決〉されると、いっそう耳に快いことに気づいたのだ。遂にはかつて最も醜い音として忌み嫌われた音程までが、大手を振って登場し、その居心地の悪さを誇示しはじめた——。

だが実は音楽は、〈共鳴〉の仕事のそのほんの一部にすぎない。もし仮に人間が宇宙空間で何も装着せずに生存できたとして、無重力状態でぷかぷか浮かびながらすぐ隣にいる人の耳に向かって何かを大声で叫んだとしても、相手の耳には何一つ届かないことだろう。有史以来、あらゆる意思の疎通を可能にして来た我々の声は、空気という共鳴体がないと成立しないのだ。たかだか数センチの声帯の間を空気が通り抜ける気音が、空気を通じて相手の鼓膜を揺らすことによって、太古の昔から人間は自分の意思を伝えて来たのである。

もちろん良いことばかりとは限らない。ふと口をついて出た内心の思いを、この目に見えない共鳴体が相手の耳に忠実に伝えてしまったばかりに、血で血を洗うような殺し合いや戦争にまで発展したケースだってあることだろう。

だがいずれにしても我々は、〈共鳴〉の仕事を過小評価しすぎているのではと思うのだ。

さらに〈共鳴〉というこの言葉の意味を、単なる物理的な波動や震動の伝達ではなく、ある一人の人間と別の人間の魂の中のそれ、つまり観念的な意味での〈共鳴〉にまで拡大して考えるならば、さきほど述べた、この世界を見えないところで司っているものは、この目には見えない力なのではないかという僕の突飛な発想も、ある程度は理解してもらえるのではあるまいか。コミュニケーションとは畢竟《ひっきょう》、他者との魂の共鳴の希求の謂《いい》である。街角で喫茶店で通信機の前で、我々は今日も明日も飽きもせず、友人や恋人の心の裡《うち》に、自分自身の共鳴を鳴り響かせようと必死になることだろう。完全な共鳴など不可能に近いことを毎日のように思い知らされながらも、死ぬまでそれを止めることはないだろう。

あるいは文章を書くという行為など、その最たるものだと言えるのかも知れない。文章というものは、総《すべ》て他者の存在を前提とするものだ。大の人間嫌いで知られた作家の遺した作品も、やはりそれは誰か他人に読まれることを欲している。彼がもし本当に人間や他者たちに絶望していたならば、一行たりとも書き残さずに死んだことだろう――。

そして〈共鳴〉はまた、破壊にも関わっている。

かつて軍隊では行進中に橋に差しかかると、指揮官がわざと足並を乱すように命令したという。一糸乱れぬ軍隊的な行進が橋に震動を与え、その波調が規則的なリズムで共鳴して少しずつ増幅されることによって、隊が渡っている最中に橋が壊れてしまうというようなことが、現実に起こり得たからだ。今でも人里離れた谿谷《けいこく》に架かる古い吊り橋などを同時に何人かで渡る際には、意識的に各自歩きのリズムを変えることが、山歩き《トレッキング》をする人間たちの間では常識となっているという。

あらゆる固体の物質はその大きさと形状に応じた固有の周波数を持っており、その音程の音を与えられると振動する。

そしてたとえ小さな力であっても、力の加えられる周期と物体の持つ固有周期が一致した場合、その揺れは共振現象によってどんどんどん大きくなって行く。振り子は大きく振れようと小さく振れようと、往復にかかる時間は重さに応じて一定であるが、その一定の間隔にぴったり合わせて力を加えてやれば、たとえ一つ一つの力は小さくとも、やがては途轍もなく大きな揺れになる——。

ワイングラスを指の爪先でそっと弾くと、玻璃《はり》の歌声のようなか細い音が出るが、もしも訓練を積んだオペラ歌手が、その音程とぴったり一致した声を出せば、ワイングラスに指一本触れることなく、それを〈共鳴《レゾナンス》〉の力だけで粉々に破壊できるという——。

これは僕が高校二年の冬の物語である。

2

その冬は記録的な寒さで、僕らの街では気象台による観測がはじまって以来の大雪と、連日のように報道されていた。いくら東北の豪雪地帯といえ、普段の年ならば、どんなドカ雪に見舞われても次の大雪が降るまではいくらか間があり、その間にある程度は融《と》けてくれるものだが、この冬に限っては日中の気温もほとんど氷点下で、降り積もったものが融ける気配は一向になく、昨日までの雪の上に、そっくりそのまま新しい雪が降り積もって行くというような有り様だった。何日かに一ぺんは、太陽が躊躇《ためら》いがちにその淡い光を投げ掛けて来ることもあったが、それもこの暴力的な寒さの前では、気温を上げる役はほとんど果たさず、逆にその光そのものが、まるでオレンジ色の氷の柱のように、そのまま斜《はす》かいに凍り付いてしまうのではないかと思われた。

僕らの街では雪が降ると、まず何よりも先に交通を確保するために、地区ごとに住民総出で道路の雪を掻いては、路肩にどんどん積み上げて行く。だから雪の多い年は街じゅうの道路が、スノーボードのハーフパイプの競技場のような、U字形の白いトンネルに変わるのだが、今年はそれがちょっとした谿谷のようになり、歩行者はその谿底《たにぞこ》の側面近くを、壁にへばりついて生きる奇妙な生物のような危なっかしい足取りで歩いた。実際除雪車が出動しても、もはやその雪を捨てに行く場所がないのだった。道路の雪を左右に高く噴き上げるタイプの新型の除雪車も投入されたが、道の両側に高く聳《そび》える雪の壁に阻まれて、噴き上げた雪が再び元の道路に積もるだけだった。巨大な衝立《ついたて》や屏風《びょうぶ》のような雪の壁が街のいたるところに林立し、道路の幅の狭いところでは、歩行者は踏み固めて作った雪の階段を昇って、その巨大な衝立のような雪壁の上を歩く必要があった。雪には慣れている子供たちにとっても、タイヤにチェーンを巻きつけた車がはるか眼下を通るのを眺めながら、深さが四、五メートルもある白い谿《たに》の上を歩くのは、かなりのスリルに満ちた冒険だった。

「一体どうなっているんだろうね、今年の冬は」

街角で人が出会うと、必ずこの異常気象の話になった。

太平洋側に集中しているこの国の大都市圏に住む人々は、自分たちの国が世界でも有数の豪雪国であることを、普段はほとんど意識していないことだろう。

だが現実はそうなのだ。この国は世界最深積雪記録——十一メートル八十二センチ——と一日の積雪量の世界一記録——二メートル三〇センチ——の両方を保有している。また何かで見た資料によると、世界で最も雪の降る都市ベストテンの中に、日本の都市が何と四つもランクインしているのだが、実はそれは黒潮から分かれて日本海を北上する対馬《つしま》海流が、暖流だからである。

オホーツクなどの北から吹き下ろして来る冷たい季節風が、暖かい海流の上を渡りながら大量の水蒸気を吸い上げて、それがそのまま山にぶつかって北陸や東北の日本海側に大量の雪を降らせる。もしも対馬海流が寒流だったならば、日本海側の冬の気温はもっと厳しいものになっていたかも知れないが、吸い上げられる水蒸気の量は段違いに少なく、積雪量は今より全然少なかったことだろう。広い世界には一年中氷に鎖《とざ》された土地や、年間の平均気温が氷点下数十度という凍《い》てつく大地もあるわけだが、いくら寒くても空気が乾燥していたら雪は降らない——気温が低ければそれだけ大気中の飽和水蒸気の量も減る——わけであり、北由来の寒波と南由来の多湿を併せ持つこの国が豪雪国になることは、地理学的にも必然なのだ。

雪の降らない地方の人々は、雪とはふわふわと柔らかいものだというイメージを持っているようだが、それも違う。確かに時には牡丹雪のようなふわふわとした雪や、スキーヤー垂涎《すいぜん》のパウダー状の雪も降るが、それも柔らかいのは降っている最中と積もった直後の短い時間だけであって、それが日中にほんの少しだけ氷点下を抜け出す気温のためにほんの少しだけ融けては、がくっと気温が下がる夜中にまた凍る。こうして少し融けてはまた凍るを毎日繰り返しているうちに、どんなふわふわの柔らかい雪も、数日後には岩のように固いざらめ雪に変わってしまうのだ。雪が清浄というのも、残念ながら幻想である。路肩で凍りつき、車の排気ガスを浴び続けて真っ黒いまかちかちに固まった雪など、僕ら雪国の人間にとっては、憎むべき存在以外の何ものでもない。今年もうっかり転んでは、路肩の固い雪に肩や肘を打ちつけて骨折する人が何人もいた。

天気予報では、寒さのピークはどうやら過ぎた模様ですと言っていたが、人々はほとんど信じていなかった。

そして案の定、二月もあと一〇日を切るばかりとなった頃に、止《とど》めとばかりにオホーツクから一大寒気団が南下し、日本海でたっぷり吸い上げて来た水蒸気を六角柱や樹枝状の結晶にして街の上に落としはじめた頃には、交通はほぼ完全にマヒし、街はその機能をほとんど停止してしまった。

僕ら雪国の高校生は、積雪数十センチ程度ならば平気で自転車で、夜の間に降り積もった新雪を後輪から噴水のように巻き上げながら、のろのろとしか進めない車の間を颯爽とすり抜けて登校するのだが、さすがにその朝は——火曜日の朝だった——みんな徒歩で、鳩尾《みぞおち》のあたりまである雪の中を、まるでボートでも漕ぐような恰好で学校にやって来た。

だが登校できたのは自宅が市内にある生徒たちだけで、始業時間を過ぎても三分の一の生徒しか集まらず、先生も半分以下で、午前中は自習になり、昼を過ぎても鉄道の復旧のメドが立たないまま、結局午後からは休校になった。

再び漕ぐようにして家に戻る途中で、雪の中に嵌まり込んで身動きが取れなくなった車を何台も見た。街の大動脈である県道の真ん中には、お湯を噴出する融雪装置が数年前から備えつけられていて、八つ目ウナギの鰓《えら》のように等間隔に並んだその小孔から、温泉村がまるごと一つ作れそうな大量の湯を毎日噴き上げて雪を融かすのだが、肝心の融かした雪を排水する装置の方が、詰まったか凍ったかしてしまったらしく、冷たい氷水がまるで洪水のように道路に溢れ、路肩をのろのろ歩く僕たちは、チェーンを巻いた長距離トラックが撥《は》ね飛ばす半分凍った泥水を、何度か全身に浴びる羽目になった。もっともそんな設備もない市道や私道に到っては、歩いて通ることさえ不可能な場所もあった。いまだ局地的に降り続いている吹雪の中、懸命に雪掻きする人の姿がいたるところで見られ、大人の背丈をはるかに越える雪の壁の中に、身体を横にしてやっと通れるくらいの隙間が切り拓かれていた。

その夜のニュースでは、山麓の家が何軒か積雪の重みで崩壊して、三歳の女の子と七歳の男の子、それに六十二歳の男性の三人が圧死、八人の重軽傷者が出たと報じていた。重傷者の中の一人は妊婦だった。立ち往生した車の中に閉じ込められ、マフラーが雪で塞がれたことによる一酸化炭素中毒で死亡した男性もいた。

高校から連絡が来て、次の連絡があるまで明日以降も自宅学習ということだったが、もはや異常気象による非日常性を喜んでいられるような状況ではなくなっていた。

それからなおも三日間、間歇《かんけつ》的ながらも雪は降り続いた。この非常事態に学校のない男子高校生が、近所の道路の雪掻きや屋根の雪降ろしの手伝いを、うまく断る口実などどこにも見つかる筈もなく、僕も何度も臨時召集されては、冬の間どうしてもなまってしまう身体を、鍛え直す機会に恵まれた。

民家の屋根に登り、頂上近くの雪をスコップですくい上げ、できるだけ遠くへ投げる。腕力に自信があるならば、雪降ろしは上からはじめるのが鉄則だ。軒先から作業をはじめると、万が一屋根の頂上から雪が雪崩のように落ちて来た時に、巻き込まれて落下し、大怪我する危険性があるからだ。もちろんそのまま大量の雪に埋もれてしまい、怪我では済まなくなる事件も年に数件は起こる。かちかちに凍りついた底の方の雪は、小さな鶴嘴《つるはし》で割ってから小型の橇《そり》に乗せ、軒先まで運んで下に落とす。もっとも軒先にばかり落としていると、雪の重みがかかって窓ガラスが割れる危険性があるので、時々地上――と言うか雪上――に降りては、溜まった雪をスコップで、なるべく離れた場所へと運ぶ。

もちろんその間も降る雪は休んではくれなかった。頬を真っ赤に腫らし、氷を苔のように額や唇に貼り付け、時には窒息するほどの吹雪の直撃を顔面に受けながら、半日がかりで雪を片づけても、その日の夜の間に、しんしんと音もなく、まるで誰かが悪意を込めて置いていったかのように、前の日に片付けたのと同じくらいの量の雪が降り積もっているのだった。

結局、落とせるだけの水蒸気を落とし尽くして一大寒気団が太平洋側に抜けたのは、土曜日のことだった。それでも午後から夕方にかけては、急に悪戯《いたずら》を思い出した悪餓鬼のような吹雪がときおり吹いたが、夜になると風も雪も完全に止《や》み、神秘的なほど美しい冬の星空まで見ることができた。あちこちの家から意味もなく人が出て来て、白い息を吐きながら空を見上げたり、まだ安心できないのか暗い中、懐中電灯を腰のあたりに結びつけて、玄関前の雪をせっせと片づけたりしている姿などが見かけられた。

久しぶりに天体望遠鏡でも出して、冬の楽しみの一つであるオリオン大星雲でも覗こうかと考えていたが、疲れがたまっていたのか、その夜は早く寝てしまった。そのためか翌日の日曜日は、まだ完全に夜が明ける前に目が覚めた。あたりはひっそりと静まり返っている。

何故か突然無性に外が見たくなった僕は、寝巻き代わりのトレーナーの上にさらに搔巻《かいまき》きを羽織って、雪が降っているあいだは基本的に開けない二階の北向きの窓を開けて見た。窓の外には木製の雪囲い——ガラスが割れないようにするものだ——がX字形に打ちつけられてあるので、その隙間から外を覗く。

そして僕は思わず息を呑んだ。

そこに広がっていたのは、まるで凝固した牛乳のような風景だった。冴え冴えするような清浄な空気の中、樹々も電信柱も、真っ白な画用紙のように拡がる田畑も、その間に点綴《てんてい》する住宅も、雪明かりに照らされながら何一つとして微動だにせず、すべてが幸福そうに征服されていた。空は靄《もや》のような灰色の雲に覆われていたが、その一劃《かく》から、地上のあらゆるものを眠りや麻痺にかけてしまう不思議な光線のようなものが発射され、何かの偶然で一人僕だけがその効果を免れたのではないか——そんな突拍子もないことを考えたほどだった。

その麻痺のような静寂を破ったのは、近所の家が飼っている一匹の犬だった。寒さをものともせずに、背筋をぴんと伸ばしている白い犬が遠吠えを一鳴きすると、まるでそれを合図として待っていたかのように、雪颪《ゆきおろし》の名残が遠い斜面を駆け降りて来た。雪颪はそのまま薦《こも》を幾重にも巻きつけた松の大幹へと巻きつき、その重たげな枝の先からは煙のような粉雪が渦を巻いて、紗《しゃ》のように舞ったかと思うと、樹々の根太を柔らかく打ち挫《ひし》いでいる深雪《みゆき》の中に、吸い込まれるように消えて行った。

僕は窓を閉め、洗面台へと向かった。日曜の朝はヴァイオリンのレッスンを受けており、学校が休みになろうが、街が雪に鎖されようが、始めてから一度も休んだことのないレッスンを休むつもりは毛頭なかった。僕の先生はもう七〇歳近いおじいさんだが、教室である楽器店の二階から目と鼻の先に住んでいるので、生徒の方が休まない限りは、レッスンが無くなる心配はないのだ。凍って水道管が破裂してしまうのを防ぐために、真冬のあいだはどこの家でも、洗面台の水道は細く出しっ放しにしてある。その水で顔を洗い、歯を磨く。

僕の家から教室に行くには、二通りの道がある。街の北半分を占める城址《じょうし》の森を突き切っていく道と、県道沿いにぐるりと迂回する道である。寒さ対策にいつもより多めに着込み、最後にダッフルコートに袖を通しながら、どちらの道を行くべきか考えた。県道沿いに行くルートはかなり遠回りになるが、この街のライフラインの最後の命綱として、間違いなく除雪はなされていることだろう。

一方城址の森を抜けて行く道は、今の季節でなければ、間違いなく近道ではあるのだが――。

結局僕は、安全な方を選ぶことにした。それでも現在の道路状況では、バスは全く当てにならない。もちろん自転車は無理だ。徒歩で、しかも県道沿いの遠回りでとなれば、いくら早目に出ても、早すぎるということはないだろう――。

3

県道の車道部分は予想通りしっかりと除雪がなされていたが、歩道の方はまだ今日は誰も歩いていないらしく、昨夜寒気団が去る前に置き土産のように残して行った数十センチの新雪が積もったままだった。

それでも新雪だから気持ちが良い。同じ雪の上でも、新雪の上を歩くのと古く固くなったざらめ雪の上を歩くのは、全くの別物なのだ。ただし体力はより必要となる。いまだ柔らかい雪の中に足がずぶずぶと埋まるので、歩を進めるごとに、毎回それを強引に引き抜かなければならないからだ。その都度雪がいかに重いものなのかを再認識させられる。

街はまだ半分眠っているかのようだった。車道の方をチェーンをつけた車が、ときどき思い出したかのように通るだけだ。

こんな凍結した道路では、さぞかし交通事故も多発するのだろうと思われがちだが、それは意外にそうでもない。気温が低ければ水分がすぐに凍るので、逆にスリップ事故などは少ないのだ。そう言えば人類初の南極点到達を目指したスコット隊が遭難したのは、寒すぎて隊員たちのソリが全然滑らなかったことが、大きな原因の一つだったと聞いたことがある。

僕は白い息を吐きながら、一歩一歩、歩道の処女雪の上に足跡を付けて進んだが、やがて足が耐え難いほど重くなって来たので、車道に降りて車の轍《わだち》の跡を辿りはじめた。時折背後でクラクションが鳴ると、腰の高さまである路肩の雪の中に飛び込んで、チェーンを巻いたタイヤの下で、できたてのアイスバーンがきりきりと悲鳴を上げるのを聞きながら、車をやり過ごす。

鶸《ひわ》色のカヴァーを付けたヴァイオリン・ケースを、まるで地雷原の中を輸送する砲弾のように、後生大事に抱えながら——。

いつもより一時間近く早く家を出たにもかかわらず、僕が教室のある楽器店の二階に着いたのは、結局いつものレッスンの開始時間ぎりぎりの時刻だった。楽器店自体はまだ開店していないので、店の裏に回り、勝手口を開けて外階段を登る。

建物の庇《ひさし》が深いので、外階段の積雪は思ったより少なかった。それでも階段の手摺りの庇の端に近い部分は、イギリスの衛兵がかぶるような、こんもりとした白い帽子を頭に載せている。

レッスン室の扉をそっと開けた。

K先生は壁際の椅子に一人座り、ヴィブラートをたっぷりかけながら、瀟洒《しょうしゃ》な小品を弾いていた。クライスラーだ。痩せた両手は骨と皮ばかりで、血管が臙脂《えんじ》色に浮き出ている。それでもその音程はほんの少しもブレることがない。僕が会釈をすると、先生は曲を弾き続けたまま、目線で準備をするように促した。

僕は毛糸の手袋を外し、ダッフルコートを脱いで衣紋《えもん》掛《か》けに掛けると、まず石油ストーブの前で擦り合わせて手を温めた。湿気はヴァイオリンの大敵なので、部屋の石油ストーブには薬罐《やかん》の類は載せていない。ただそれだと乾燥で喉がやられてしまうので、それを防ぐためかK先生は首に大きな黄色いハンカチを巻き、二〇分おきに飴を舐める。

僕は楽器と弓をケースから出し、元弓の端の螺子《ねじ》を回して弓を張った。張った弓に松脂を塗る。

だが手は、いまだ赤くかじかんでいて、うまく動かない。

先生は黙って曲を弾き続けている。まるでこの街が大雪で陸の孤島と化していることなど、知りもしないといった風情だ。普通ならよく降るねとか、歩いて来たのとか、何か言うところなのだろうが、いつものように余計なことは一切喋らない。

もちろん僕もその方が気が楽なので、黙ったままで準備を続ける。

K先生は既に引退したものの、かつては地元の交響楽団の第一ヴァイオリン奏者で、かなりの名手と謳われていたらしい。だが世渡りが下手でコンサート・マスターにはなれず、他のオーケストラからトラ――オケマンたちの隠語で、他のオーケストラの演奏会にアルバイトで出演すること――の依頼が来ても、定期演奏会の曲がおろそかになってはとの理由で滅多に引き受けなかったので、生活は余り楽ではなかった（らしい）。調律師である奥さんとの間には子供はなく、定年でオーケストラを引退してからは、この楽器店の二階の音楽教室で、子供たちに弦楽器を教えることを楽しみに生活している（らしい。これらは全て人から聞いた話なのだ。僕は相手の気持ちを傷つけるのを極度に虞《おそ》れて、大人に余計なことは一切質問しないタイプの子供だった）。

霞《かすみ》を食べて生きていると聞かされたら、そのまま信じてしまいたくなるようなK先生の飄然《ひょうぜん》たる姿は、僕にとっては憧れの対象でもあるのだが、それでも何年も教室に通っていれば、いろんな噂を耳にする。こんな地方都市で子供にヴァイオリンなんかを習わせている家庭は、多少なりとも生活に余裕がありかつ見栄っ張りである筈で、先生と父母たちのあいだには、これまで何度か、諍《いさか》いめいた事件もあったという話だ。

事実先生は内輪の発表会の後でも、「お宅のお嬢さんには才能がありますよ」という類《たぐい》の、無用な希望を抱かせるような科白《せりふ》は絶対に言わない。音楽のプロの道がどんなものか、身を以て知悉《ちしつ》していた先生にとっては、本当に見込みのある子供以外には、それが真の親切だと心得ていたのだろうが、発表会で親たちの虚栄心を満足させるホストの役を務めることのできない先生は、親たちに人気が出ないだけでなく、時には〈子供の才能を伸ばせない先生〉という烙印を捺《お》されてしまうのだ――。

僕は調弦をはじめた。ヴァイオリンの調弦は、まず音叉《おんさ》を鳴らしてその440ヘルツのA（イ）音に、四本ある弦のうち細い方から二番目の線を合わせ、あとはネックの部分の糸巻き《ペグ》を締めたり緩めたりしながら、隣り合う二本の弦の間隔が完全五度になるように調弦して行く。まずAとD（ニ）の完全五度を利用して二番目に太い弦をDに合わせ、続けてDと下のG（ト）の完全五度を利用して、一番太い弦をGに合わせる。最後に一番右側の細い線を高いE（ホ）に合わせるのだが、このE線は細くて切れやすいので、他の三本とは違って糸巻き《ペグ》では大まかなところまでしか合わせず、最後の調整はテールピース上のアジャスターの螺子によって行う。

「終わったのかい」

気がつくと、クライスラーがいつの間にか終わって、先生の嗄《しわが》れた声が響いていた。慌てて弓を構え、A線を引き下ろすと、塗りすぎた松脂の白い粉がパッと舞い、まるで粉雪のように鼻孔に纏《まと》わりついた。

「じゃあまず、先週の課題曲を弾いてごらん」

雪どころか、槍が降っても変わらないだろうと思われる、厳《おごそ》かな口調で先生が言った。

僕は楽器を顎と肩の間にしっかり挟み直して、ニ短調の練習曲を弾きはじめた。

4

僕のヴァイオリンは、とりあえず毎週真面目にレッスンに通っているということだけが、唯一の取柄だった。

元々は他の子供同様に近所でピアノを習っていたのだが、みんなと同じことをやるのが嫌で——情操教育ブームとやらのおかげで、実にクラスの半数近くがピアノを習っていたのだ——、かと言ってただ厭になったから止めるというのは子供心にも口惜《くや》しく、ちょうどその頃、テレビでたまたま見たヴァイオリストの颯爽とした姿——無名のヴァイオリニスト氏がその時弾いていたのは、タルティーニ作曲の『悪魔の顫音《トリル》』だった——に憧れて、数年分のお年玉を溜めた三万円を握りしめて、ある日一人で楽器店に出掛け、スズキ社製の一番安いヴァイオリンを買って来たのである。子供向けの小さな分数ヴァイオリンなんてものが存在することさえ知らなかった僕は、店員の若い女性がいろいろと尋ねてくれなければ、まるで指の届かないフルサイズの楽器を、喜び勇んで買って来てしまうところだった。

何の前触れもなく、そして習えるという当てすらなく、いきなりそんなものを買って来た息子の計画性のなさに母親は呆れ顔を隠さず、そのどさくさにまぎれてピアノ教室の月謝を、そのまま街に一軒だけあったヴァイオリン教室の月謝へと振り替えることに成功した僕だが、いざこの楽器をはじめてみると、たちまち鍵盤楽器をやっているときには不要だった難問に直面することになった。

　それはずばり、〈全ての音階を自分で作る〉という大問題である。ピアノという楽器は、鍵盤の数と同じだけの長さの異なる弦が、調律師の手によってあらかじめきちんと調律されて並んでいるのだから、正直習いはじめたばかりの子供だって、極端なことを言えば鍵盤の上を歩く猫だって、とりあえず正確な音階を奏でることができる楽器なのだ。

　だがヴァイオリンは全く違っている。ただ楽器を手にしてドレミファソラシドを弾くだけで、実力が一目瞭然となる。

　しかもそのドレミファソラシドは固定されていない。天衣無縫《てんいむほう》で自由なドレミファソラシドだ。

　どういうことかというと、たとえばピアノやオルガンなどの鍵盤楽器では、ハ長調のドと言えば、当然その鍵盤を押して出るドたった一つである。そしてドとレの間にも、たった一つの音しか存在しない。言わずと知れた黒鍵のドのシャープ（C♯《チス》）である。それは時にはレのフラット（D♭《デス》）と言い換えられ、多くの人が――弦楽器をはじめる前の僕もそうだったが――この二つの音を同じ音と認識していることだろう。

　だがヴァイオリンは全く違う。ピッチが高目のド、低目のド、ぎりぎりドと認識できるド、いろんなドがある。そしてドとレの間には、無数の音がある。

さらにドのシャープとレのフラットは、全く別の音である。ちょっと考えればわかることだが、元の周波数が違う二つの音の半音上と半音下では、同じ音には決してならない筈なのだ。そして実際ヴァイオリンでは、C♯《チス》とD♭《デス》では、指板上の違う場所を——C♯はD♭よりも、ほんの少しD《デー》に近い箇所を——押さえるのだ。

だがこれはヴァイオリンが特殊なのではない。音楽的あるいは歴史的に見ると、C♯とD♭を同じ音にしている鍵盤楽器の方が特殊なのだ。

ピアノの八十八の鍵盤は、純正律を敢えて捨てて、平均律——実はこの名称も正確ではないのだが、とりあえず話を先に進める——で調律されている。純正律で調律された楽器だと、同じ一音の幅あるいは半音の幅でもそれぞれ周波数比が異なるため、移調したり転調したりすることができないのだ。そこでオクターブ内の12の音を、各音の音程の幅が一定になるようにする——さきほどの文脈で言えばC♯とD♭を無理やり同じ音にする——ことによって得られるのが平均律であり、これによって曲の途中でも転調や移調が可能になったわけだが、その代償としてピアノという楽器は、実はその全ての音が少しずつ純正音律から外れてしまっているのである。

言い換えれば平均律の〈平均〉とは、〈全ての音が平均して狂っている〉〈平均して、外れている〉という意味なのであり、従ってそれに則《のっと》って調律されているピアノで弾いたドレミファソラシドは、どの調性でもキーの高さ以外は、全て同じように聞こえる。

一方弦楽器が奏でたドレミファソラシドは、それぞれの調性にはっきりとした特徴があり、固有の色彩がある。言葉を換えるとピアノという楽器は、どの調性でも同じような音階が得られる代わりに、平均律でがちがちに固定されてしまっている楽器なのである。オーケストラの色彩感に比べて、ピアノの音がモノトーンの白黒写真に喩《たと》えられることがあるのは、どの調性でも同じような響きというこの特徴と、決して無縁ではないのである。

――ただし現在最も一般的に行われているピアノの調律方法は、全くの平均律でもない。基本は平均律だが、鍵盤の両端の音は偏差を大きく、高い音はより高く、低い音はより低くなるように調律している。その方が耳により快く響くからだが、要するに転調・移調ができるぎりぎりのラインを守りながら、正しい音程からの乖離《かいり》を最小限に抑えようとしているわけだ――。

幼少の頃から音楽の英才教育を受けた人には、きっとこれらのことは常識の範疇に属するのだろうが、小学校の終わり頃に生まれて初めてヴァイオリンを手にした僕にとっては、すべてが驚きの連続で、結果として自分の絶対音感の欠如を痛感する羽目になった。最初に習うニ長調――さきほど述べたようなやり方で二番目に太い弦が開放弦の時にD（ニ）音になるように調弦されるため、ヴァイオリンではこの調が一番弾きやすく、従って一番初めに練習する――の音階が正確に弾けるようになるまで、優に数ヶ月はかかったと思う。自分で調弦できるようになるまでは、更に数ヶ月かかった。

話は前後するが、ヴァイオリンのように音階が固定されていない自由な楽器で、名手が二重音や三重音を奏でると、倍音――基音の整数倍の音――まで完全に一致させることができるから、完璧なハーモニーを得ることができる。だが音程が〈固定されてしまっている〉ピアノの場合、二つの音の倍音が一致することは楽器の構造上絶対にあり得ないので、どんな簡単な和音を鳴らしても、必ずそこには狼音《ウルフ》（うなり）が生じてしまう。この狼音《ウルフ》を消すことは絶対に不可能で、狼音《ウルフ》が一秒間に何回聞こえるかを、ピアノの調律師は調律の時に逆に利用する――つまり解消することはあきらめ、どの和音を弾いても同じ程度の狼音《ウルフ》が生じるように調律を行う――のである。

逆に言えばただ開放弦が四本そこに張ってあるだけのヴァイオリンは、どんな調性のどんな譜面を前にしても、瞬時にそこに記された全ての音符を、人間が最も快く感じる音で奏でることができる楽器なのである。途中で何度転調しようが移調しようが、すべての音をベストに近い音程で拾って行くことができるし、どんな重音をも、全く狼音《ウルフ》のない完璧なハーモニーで奏でることができる。それこそが正に、ピアノには逆立ちしても絶対に真似ができないヴァイオリンの魅力なのだ。

たとえば有名なバッハの無伴奏ヴァイオリンのためのパルティータ第二番の終曲『シャコンヌ』は、冒頭からずっと二重音や三重音、さらには四重音のオンパレードなわけだが、名手が弾くとそのそれぞれが完璧なハーモニーで〈共鳴〉するのだ。仮にこの曲をピアノで――ブラームスが左手だけで弾けるように編曲したピアノ版も僕は好きだが――弾いても、このエクスタシーを得ることは決してできない。

そんな恐ろしくも素晴らしい楽器をちゃんと弾くことは、僕から見れば、本当の天才だけに許された奇蹟のように思われる。〈ちゃんと弾く〉とは、いま述べたようなヴァイオリンの特性を全て生かし切って演奏することであり、それができる人だけが、本物のヴァイオリニストだと僕は個人的に思っている。

世の中にはヴァイオリンを弾ける人は無数にいるが、本物のヴァイオリニストは、その中のほんの一握りしかいないというのが僕の持論だ。僕は自分が天才的な演奏をすることができないことを自覚しているが、この楽器を曲がりなりにも齧《かじ》ったお蔭で、天才的な演奏と凡庸な演奏の違いを聞き分けることはできるようになった。世界で活躍する一流のコンサート・ヴァイオリニストと、テレビのバラエティ番組などに出演して耳当たりの良い曲ばかり弾いている半分芸能人化したヴァイオリニスト――もちろんそういう活動が悪いということではなく、音楽の伝道ということにおいては、とても重要な役割を果たしているとは思うが——の間には、技倆の点で野球に譬えればメジャーリーガーと日本の高校球児ほどの差があることもわかる。僕自身はその高校球児にすらなれないのだが、両者の違いはわかる。

世界の第一線で活躍するコンサート・ヴァイオリニストの音程の正確さ、旋律線の美しさ、重音の完璧なるハーモニー等は、僕から見ると、とても人間業とは思えないほどである。従ってヴァイオリン・ソナタなどで、ヴァイオリンと伴奏のピアノがユニゾンで同じ旋律を奏するときなど、ピアノの弾く旋律よりもヴァイオリンの奏でる旋律の方がはるかに美しく立ち騰《のぼ》って来るように感じられることがあるのは、ヴァイオリン・ソナタだからヴァイオリンが主でピアノが従だという思い込みが聴く方にあるからではなく（少しはそれもあるかも知れないが）、正にヴァイオリンの、どんな譜面であろうとも常に完璧なる旋律線や完璧なハーモニーを奏でることができるというその特性によるものなのだ。逆に言えばピアノで弾かれた旋律線は、どんなに甘美に奏でられようとも、それは常に最善であって最良ではない。従ってヴァイオリン・ソナタを弾いているのに、平均律にがちがちに固定されたピアノの音程に合わせようとするあまり——あるいはそれに引きずられて——ぬるい音程で弾いてしまうヴァイオリン奏者が時折みられるのは至極残念なことである。ヴァイオリンが音の濁ったピアノに合わせるなんて本末転倒、いやしくもヴァイオリニストである以上は、あくまでも完璧に美しい旋律線を追求するべきなのに！

（誤解を避けるために付け加えておくが、これはピアノとヴァイオリンのどちらが難しいとか優れているとかいう話ではない。ピアノはヴァイオリンには絶対にできないこと――旋律と伴奏、さらには対旋律までたった一人で演奏し、一台で交響的世界を作り上げること――ができる。ただ旋律を奏でる楽器としては、ヴァイオリンとピアノでは比べものにならないということで、それは音色の違いによるものではなく、音程を完全に自由に作ることができるという特性によるものだということである。結局一番難しいのはそれなのであり、これは私見だがピアノの世界には時折年端《としは》も行かない年齢でものすごい超絶技巧の曲を弾きこなす〈天才〉少年少女が現れるが、彼らがそのまま成人して必ずしも大ピアニストになるとは限らないのに比べ、ヴァイオリンの場合はその才能の歩留《ぶど》まり率――つまり天才少年少女が、大きなアクシデントがない限りほぼそのまま大ヴィルトゥオーソへと成長して行く率――がかなり高いのは、ヴァイオリンの場合はこうした大問題に初めからぶつかるため――そこをクリアしていなければ、そもそも天才少年少女とは呼ばれない――だと断言しても、恐らく間違いではないだろう。）

さてそんな僕でも頑張れば、それなりに腕は上がって来る。だが一刻も早くいろんな曲にチャレンジしてみたい僕にとって、K先生から与えられる古めかしいボーマンの教本、カイザーの練習曲などは何とも退屈で、そこで少しずつ自分の好きな名曲のピースを密かに買い込んで、一人勝手に弾きまくるようになった。

ある程度のレベルに達した奏者なら、恐らくこうした練習も充分に効果が期待できるのだろう。だが、毎日必ず行うべき音階練習《スケール》とポジション移動の練習さえ懈《さぼ》りがちな僕には、それらはほとんどの場合、恣《し》意的な自己満足に終始した。

僕から見ると楽器が上手くなることは、車の運転に習熟したり、シューティングなどのビデオゲームでハイスコアが出せるようになることと、少なくともある程度のレベルまでは原理的な差はないように思われる。頭の固い世の音楽関係者たちからは、ゲームなんかと一緒にするなと怒られるかも知れないが、攻略法（運指）をマスターして、パターン（音階）を身体に叩き込み、ディスプレイの指示（楽譜）に応じて指が機敏に動くようにするところは全く同じである。ゲームの場合はその基本的な動きを身体に叩き込む期間も面白いように工夫されて作られているが、ヴァイオリンの場合はひたすら無味乾燥で苦しいという違いはあるが。

もちろん今言っているのは、純粋にテクニカルに指を鍛錬する練習の段階の話で、曲の解釈や感情表現に関しては全く別の問題が立ちはだかって来るわけだが、それでも人間の身体的記憶力というのはなかなか大したもので、同じ曲だけを毎日毎日練習していると、押さえる箇所やボウイングのリズムなどを、指や身体の方が勝手に憶えてくれるので、他の曲には全く応用が利かないものの、とりあえずその曲だけは何となく弾けるようになって行くのである。

もちろん物理的にどうしても不可能というパッセージやカデンツァ等は存在する。まだ第三ポジションまでしか練習していないのに、名曲のピースには第五ポジションはもちろん、第七ポジションまで平気に登場した。中には、一体どうやって弾くのか見当もつかない譜面もあった。よせばいいのにパガニーニの楽譜など買って来て、G線の糸巻き《ペグ》近くから一気にE線の指板の端ぎりぎりまで跳躍する音などを見て愕然とし、もちろんそのままでは手も足も出ないので、片方の音を一オクターブ、時には二オクターブも変えて弾くような、そんな大作曲家を冒瀆《ぼうとく》するような改竄《かいざん》演奏を行ってはいい気になったりしていたのだが、何はともあれこの時僕は、音楽を楽しんでいたのだ。僕は自分の経験から楽器の上達には、逆説的なようだが最初のころは音楽をあまり楽しまないこと、愚鈍なまでに機械的にそれに習熟することが、ある程度必要な条件だと思う。

先週のレッスンの最後で、どうしても弾けなかったパッセージが出てきた。左手の運指がやたらに難しいのだ。言い訳がましいが、僕は生まれつき左手小指の関節が内側に少し曲がっていて、フルサイズの楽器に変わってからは全音の幅を押さえるのが精一杯で、それ以上はどうしても届かない。さらに最近の大雪騒ぎにかまけて練習を怠っていた僕は、当然のごとく弾けない。左手はまるで茹でたマカロニのように、ぐにゃぐにゃした情け無い動きしかしてくれなかった。

案の定、K先生の嗄れた声が飛んで来た。

「今のところ、もう一度やってごらん」

気持ちでどうにかなるものならばとうにやっているが、それでも僕は、精一杯集中力を高めて弾き直した。

そのお蔭か、今度は少しましになったように思えた。

「じゃあ、もう一度」

だが先生は、さっきと全く同じ口調だ。

「今のところからですか？」

僕は訊き返した。

「いや。曲の初めから、もう一度」

静かな口調を守っているが、先生はこういう時が一番怖い。先生は僕がこの一週間ほとんど練習していなかったことを、当然見抜いていることだろう。僕は一生懸命弾く努力を続けているふりをしながらも、その実心のどこかでは、ハンカチを巻いた皺だらけの喉から発せられる、錆びた金属を引っ掻くようなK先生の叱咤の声を、今か今かと待っているようなものだった。

だが声はなかなか飛んで来ない。僕は曖昧な気持ちのまま弾き続けた。

だがこんな精神状態で、上手く弾ける筈などない。案の定途中で何度もつっかえた。

正直一番初めの時よりも、もっと悪くなったような感じだった。

とりあえず最後まで弾き終えたが、先生はいまだ黙ったままだ。

沈黙に耐えかねた僕は、自分の方から弁解気味に口を開いた。

「左手がどうしても……」

僕のかすれた声を遮って、K先生が厳かに言った。

「何よりもまず、右手のボウイングの動きがめちゃめちゃだよ」

5

僕が鶸色のカヴァーを付けたヴァイオリン・ケースを抱えて教室を後にする時は、もう次の生徒である五歳の少年が、琥珀色に光る1／8のヴァイオリンと格闘しているところだった。少年は淡い桃色の唇を尖らせながら、幼い顎と肩とのあいだに楽器をしっかり挟み込もうと、真摯《しんし》な努力を行っていた。K先生は肩当てを断固として使わせないので、あの少年はレッスンが終わる頃には、まるでお多福《たふく》風邪に罹《かか》ったかのように頬を腫れ上がらせていることだろう。

その光景は僕に、生まれて初めてヴァイオリンを手にした日の喜びと興奮をありありと憶い出させたが、次の瞬間その記憶は甘い郷愁どころか、お前は取り返しのつかないほど多くの貴重な時間を、怠惰のうちに既に失ってしまったのだと大声で叫んで僕を苦しめた。

この時の僕が、まだ十七歳の分際で、失った時間を思って苦しんでいたとは滑稽かも知れないが、音楽家に憧れたことのある人間ならば、ある程度はこの時の僕の気持ちをわかってくれるだろう。

ひょっとしたら、僕はヴィルトゥオーソになれたかも知れない。どんな人間だって、生まれた時にはその可能性はゼロではない。

だが今の時点では、もうそれはほとんどゼロなのだ。楽器の才能には厳然たる《締切り日》なるものがあり、その日を過ぎてしまったら、どんなに努力しても、小さい頃からはじめた人間には絶対にかなわない。ましてやヴァイオリンのような一番人気の楽器においては、とうの昔に勝負はついてしまっているのだ。一口に勝負と言っても、高いレベルから低いレベルに至るまで、いろんなレベルでの勝負があるわけだが、僕の場合はもし今後も音楽を続けたいのならば、ヴァイオリンを捨ててヴィオラなどのよりマイナーな楽器に転向することも検討すべきなのかも知れない。僕は子供が好きな方だが、英才教育を受けた子供が嘆息の出るほど器用に楽器を操るのを見ると、その子の努力に拍手を送りたい気分よりも先に、みずから賤《いや》しい気持ちと知りながらも、燃えるような嫉妬を感じる。もし将来僕に子供ができたら、ヴァイオリンを習わせるかも知れないが、彼あるいは彼女が上達するにつれ、僕はあるいは自分の子供にすら嫉妬するかも知れない。

もっとも天邪鬼《あまのじゃく》な僕は、小さい頃から無理やりヴァイオリンをやらされていたら、逆に別のもっと楽に上達できそうな楽器に憧れたり、あるいは音楽そのものが大嫌いになっていた可能性だってある。ただ僕が自分の経験から、ヴィルトゥオーソをつくり出すメソッドを一つ考案したことだけは付け加えておきたい。それはとにかく物心つく前に、泣こうがわめこうがスパルタ的に音階《スケール》の練習をさせる。そして物心ついて来たら逆に軛《くびき》を外して行って、練習を一切強制せず、ただ手に入る限りの楽譜を、子供の目に触れるところへ散らばらせておく。さらに名手の生演奏にどんどん触れさせて、子供の方から、もっと練習させてくれと言い出すのを待つ、というものだ――。

僕は音を立てないように後ろ手に教室のドアを閉め、滑りやすい階段を慎重に降りて行った。階段を降りたところで弓を緩めていないことに気がついて、軒先で立ったままケースを開け、手入れを済ませた。

庇の先からは、鍾乳洞の天井のように、無数の氷柱がぎっしりと垂れ下がっている。ケースを閉じて再び歩き出すと、氷柱の先から冷たい水が一滴、首筋に当たってそのまま背中の中に迷い込んだ。

II

1

帰り道僕の足は、朝辿って来た県道の方へとは向かわなかった。県道を通るよりも、街の北半分を占める城址の森を真っ直ぐに突っ切る方が、本当は遥かに近道なのだ。ただしその西半分は鬱然たる原生林が占めており、狭い林道が一本拓《ひら》かれているだけである。

春や夏は恰好の散歩道となるその道も、冬に通り抜けるのは一苦労で、しかもその細い林道を一歩でも外れると、周囲に広がる原生林の樹海の中に迷い込むことになる。樹海の中は昼でも陽の光がほとんど射さず、地下の一部には大昔の火山の溶岩が蟠《わだかま》っていてコンパスが利かないため、絶対に入ってはいけないと子供の頃から何度も言われていた。

だが僕の足はその森を抜けて帰ることを頑《がん》として主張して、いかなる分別の声にも意志を枉《ま》げなかった。

そしてそれから約三〇分後、僕はたった一人で腰まで雪に埋もれながら、城址の森の中にいたのである。

かつて城を守っていた濠《ほり》の水も全部凍って、脆《もろ》い刃先のように鈍く光っている。氷上に点綴する睡蓮も全て凍りついて、白洲の上に一人一人縛《いまし》められた罪人のように蹲《うずくま》っている。汀《みぎわ》の枯れ葦の上にも柔らかい茵褥《しとね》のような雪。風が吹くと、粉雪がゆるやかに舞って、その白い茵褥の表面に音もなく吸われて行く。幕末に天守閣が焼け落ちて以来、それだけが戦国時代の面影を伝えている野面《のづら》積みの石垣の、ほぼ垂直に近い傾斜のお蔭で辛うじて雪の征服を免れている部分の、そこだけ墨を流したような不気味な岩肌以外には、天にも地にも、まるで一つの物質、一つの色彩しか存在していないかのようだった。

この城址には、戦国時代の昔から語り継がれて来たという、血染めの桜の伝説がある。

およそ四〇〇年前この地を統治していたM氏は、近隣のS氏を滅ぼすために謀略を練った。S氏当主の正室はM氏の娘で、すなわち両者は姻戚関係にあったわけだが、奸智《かんち》に長《た》けたM氏は、この血縁を逆に利用することを考えた。即ち重病であると偽り、幼い息子の後見人などを頼みたいから一度参上願いたいと言ってS氏をこの城におびき寄せ、騙し討ちにしたのである。

時は六月、朧月《おぼろづき》の夜、まず城内で護衛を手薄にした後、S氏が病床のM氏の枕元に近づいて平伏したところを、両脇にいた武将の家臣二人が、S氏の狩衣《かりぎぬ》の袖と裾に四寸釘を突き刺し、畳に釘付けにした。そしてM氏自ら仮病の褥《しとね》の中に隠していた刀で袈裟《けさ》斬りに斬り付けた。性剛直を以て鳴り、武技にも秀でていたSも、この刀は防ぎようがない。既に城門は閉ざされ、主に同行していたSの家臣たち三〇余人も、その一〇倍以上のMの家臣団に十重二十重《とえはたえ》に囲まれてなす術《すべ》なく、本丸内の桜の老樹を鮮血に染めながら鏖殺《みなごろし》となった。そして真っ赤に染まった老桜は、季節でもないのに花を一斉に開き、それ以来毎年春と秋に、明らかにそれまでの花とは異なる、今にも滴り落ちそうな真紅の花を咲かせるようになったという……。

僕がこの伝説を初めて聞いたのは、五つか六つの時だった。父親はあまり飲めない酒を飲んだある日、赫《あか》い顔をしてこの話をしてくれた。無口で、子供などロクに構ったことのない父親が、珍しく饒舌に教えてくれたのだ。僕は血の一滴一滴がそのまま凝固したかのような花びらを思い浮かべ、興奮でその夜は眠れなかった。

だが肝心のその伝説の桜の場所となると、その父は元より伝説を聞いたことがあると言った学校の先生も、誰一人正確なことを教えてくれる人はおらず、中には大戦中に朽ち枯れたのだと教えてくれた大人もいたが、それでも切り株くらいは残っている筈だと思い、僕は学校の放課後などに、何度も散策がてら城址の森を捜し歩いたものだった。しかしいくら捜しても、これと思うような老桜は見つからず、ましてや一年に春秋二度咲く桜など見つかる筈もなく、結局ただの伝説にすぎないのだろうかと失望しながらも、その後も何かの機会でここを通り抜ける時には、無意識のうちに桜の樹を目で探すのが習慣のようになっていた。

もちろん今はそれどころではない。胸のあたりまである雪の中、一心不乱に前に進まなければ、いつまで経ってもこの森を抜けることはできないだろう。この道を選んだことを後悔しながらも、懸命に歩く。いや歩くと言うよりは、鉛《なまり》のように重い足を雪から抜いて前に投げ出す動作を繰り返す。投げ出された足は自らの重みでずぶずぶと雪を踏みしめて、やがて止まる。

雪には僕自身のもの以外、人間の足跡は一つもついていない。ときどき不思議なほど柔らかい雪があって、足が深く沈み込む。呼吸を整えてから、気合もろとも足を引き抜いて、雪の壁を蹴散らすように、再び前へ投げる。

履いていた黒いブーツの、ファスナーの隙間から踝《くるぶし》にいたるまで、すでに雪や氷がびっしりと詰まっていて、歩を進めるたびに、キュッキュッと鳥の悲鳴のような奇妙な音を立てた。趾《あしゆび》の先はもうどこまでが自分の身体で、どこからが靴なのか、判然としないほど冷えて感覚がなくなっていたし、濡らしたら大変とヴァイオリン・ケースをずっと持ち上げ続けていたので、両手もアトラスの刑罰でも受けたかのように疲れはじめていた。

困惑しながら呼吸を整えた。白い息を吐きながら前を見た。

ここから先は、道がいよいよ狭くなる。

どうやら引き返した方が賢明なようだ。今ならまだ間に合う――。

最初の頑とした意志はどこへやら、少しずつそう思いはじめていた。ここまで来たのはもちろん無駄足になるが、このまま意地を張って道のない道を突っ切るのは、あまりにも無謀というものである。例のたった一本の林道も、この豪雪では見えなくなっている可能性があるし、道がわからなくなって左右の樹海の中へと迷い込んでしまったら、凍傷で指の一本や二本、この森にくれてやることになりかねない。いやそれどころか、命の保証だってあるかどうか――。

肩で大きく息をしながら、後ろを振り返った。これだけへとへとになって、城址の森の入口から、まだ数百メートルしか進んでいないことを確認して失望した。冒険への欲求は、極めて一般的な自己保全の欲求へと、急速に変わりつつあった。仕方がない。悔しいがここはおとなしく一度戻って、除雪されている県道沿いにゆっくりと迂回して帰るのが、賢明な選択だろう。

腰まで雪に埋もれたまま、その場でゆっくりと方向転換をはじめた。

一体こんなところで、お前は何をやっているんだ——そう自嘲《じちょう》している自分がいた。結局今日は教本の一頁も先に進めなかったのだ。何のことはない、僕はただK先生の嗄れた叱咤の声を浴びるためだけに、早起きして陸の孤島と化した街をとぼとぼと、大きく迂回しながら必死に横切ったようなものなのだ。まるで白いシーツの上を、ただ潰されるために這って行く虫のように。しかも帰り道はこんなところでこの有り様だ。とりあえず一度もレッスンを休んだことがないというのが僕のささやかな自持《じじ》だが、先生に言わせれば、レッスンなんてしばらく懈怠《さぼ》ってもいいから、その間とにかく毎日スケールの練習をしろ、ということになるのかも知れない——。

2

とその時だった。あたりの風景が、一瞬にして色を帯びたように感じた。一つの色彩しかないと思われた世界が、みるみるうちに五彩を帯びて煌《きらめ》きはじめた。見ると南の空に茜が射している。厚い雲が途切れて、太陽が顔を覗かせたのだった。僕は思わず足を止めて、弱々しい陽の光を真正面に浴びた。太陽を見るのは二週間ぶりくらいだった。樹上の雫《しずく》が燦《かがや》きながら、石垣の裾に零れた。縛められて座っていた睡蓮たちも、陽の光に照らされて、陶然《うっとり》と顔を擡《もた》げた。

僕は再び前に向き直り、もう一度前へと進みはじめた。

太陽によって元気づけられたというのは当たっていない。むしろその逆だった。何故ならこの時僕が感じていたのは、あの何の理由もなくときどき人を襲う、己を罰しようという自虐的な喜びだったからだ。弱い太陽は、落魄《らくはく》した人間にさらに自暴自棄をそそのかす強い酒のように、僕の背中を押して前へ前へと進ませたのだった。

足を掘鑿機《くつさくき》のように雪の壁にぶつけながら、前へと進む。

突然足が雪の窪みの中に落ちる。それを引き上げようと焦って、もう一方も雪溝に嵌まるまでは、何の造作もない。

そして次の瞬間、まるで身動きが取れなくなる――。

そんな自分を嘲笑《あざわら》うもう一人の自分がいる。だが結局は自分で何とか抜け出すしかない。手を懸命に伸ばして雪の固いところを探す。見つかると、あれほど湿気に晒すのを恐れていたヴァイオリン・ケースを雪の上に抛《ほう》り出して、両腕に力を罩《こ》めて下半身を引き抜いて脱出する。

寒空の下に長時間晒されているせいだろう、頭の芯が痛みはじめていた。風に晒されている耳朶《じだ》の裏側、それに顳顬《こめかみ》も痛い。

見渡す限りいちめん純白のシーツの表面をわずかに掻き乱しているのは、点々と続くY字の刻印である。言わずと知れた野兎の足跡だ。Y字上部の左右に分かれた部分が後肢の痕で、下部の縦の棒が前肢の痕だ。飛び跳ねて移動する彼らは、着地した時に前肢が前後に並び、後肢が前肢よりも前に来るからこういう形の足跡になる。

赤いものが、目の前でちらちら揺れた。何故こんなところに赤いものが……と思いつつ目を凝らして見ると、それは雪の下でも、しっかりと実をつけている南天だった。

その時顳顬に再び差し込むような痛みを感じて、僕は思わず目を閉じた。

白い息を吐きながら、僕は目を瞑《つむ》ってしばらくその場に佇んだ。

そうして冷たい風に吹かれていると、少しずつ痛みが和らいで来るのがわかった。

僕は目を開け、また前へ進みはじめた。

不思議とさっきより、足の運びが楽になったように感じた。

歩みが軽い。これ幸いと足の動きに身を任せ、どんどん先へ進んだ。

僕はいつしかするすると、辷るように雪の上を進んでいる。

　まわりには一片の雪もなく、高く澄んだ青空の下、快い微風が頬を撫でている。草原の緑の絨毯の上、真っ白な胡蝶《こちょう》が舞っている。そして目の前には、一本の老桜が、まるで赤い驟雨《しゅうう》を浴びたかのように、梢《こずえ》から花びらまでを血に染めて、自若《じじゃく》として佇んでいる。返り血に幹をどろどろに染め、力瘤を溜めた枝をぎくしゃくと天に伸ばし、何かを抱きかかえるかのように万朶《ばんだ》を生やしている。満開の花弁は、原色の絵の具を濃縮したよりもなお紅《あか》く、冷たい地面には、何本もの刀が、鍔《つば》と鍔とを交差させるような形で突き立てられている。そして霖雨《りんう》の中で腐って行く、武士《もののふ》どもの累々たる亡骸《なきがら》……。

3

　僕はいつしかただぼんやりと、元の風景の中に立ち竦んでいた。血染めの桜は、いつの間にか薦を巻いた何の変哲もない五葉松に変わっており、武士たちの死骸は、溶岩のような不気味な形をした吹雪の吹き溜まりに戻っていた。
　聳え立つ城の櫓《やぐら》は、石造りの無表情な記念碑に返り、そこには歩兵第○○聯隊《れんたい》と記されてあった。戦時中ここに駐屯し、終戦の数ヶ月前に沖縄に送られて玉砕した聯隊の名前だ。

陽の光は射し続けていたが、それはあまりにも弱々しかった。自分の躰《からだ》が急激に冷えはじめているのがわかった。

ただ靴の中の足の先だけが、燃えるように熱かった。仮にこの森を無事に抜けることができたとしても、僕の足は今晩霜焼けで、普段の二倍くらいに腫れ上がることだろう。

息を大きく吐きながら、あたりをぼんやり見回した。

次の瞬間、愕《ぎょ》っとして慌てて瞬《まば》きを繰り返した。もう一度目を凝らした。

さっきまで、野兎の足跡以外に何もなかった雪の上に、一筋の足跡がくっきりとついているのだ。

間違いなく人間の足跡、それも明らかに大人の男のものである。僕は懸命にその先を目で追った。足跡は左側の、僕が通って来たのとは別の門から城址へ入って来て、そしてそのまま前の森の中へと続いている。

どんな酔狂者かは知らないが、僕より先に、雪に鎖されたこの森を、今日抜けて行った人間がいるのだ。

つまりこの足跡を辿って行けば、無事に森を抜けられるということである――。

思わず安堵の溜め息をついた。

だが同時に、心のどこかには失望している自分がいた。

前人未到の大冒険をやっているつもりでいたのに、実はそれは、とっくの昔に征服されたあとだった——滑らないソリを必死で引きずって、死に物狂いで極地に辿りついたスコット隊が、そこにアムンゼンの立てたノルウェー国旗をみつけた時の気持ちが、少しだけわかったような気がした。彼等は重い足を引きずって帰途についたものの、意気消沈のあまり、結局極地に到達したパーティー全員が凍死してしまったのだ。

面白くない——。

心という奴は、どうしてこんなに厄介で、恢復《かいふく》力が早いのだろう。さっきまではあれほど不安がり、この道を選んだことを後悔していたくせに、不安から解き放たれるや否や、もう次の冒険を求め始めているのだから……。

——

鬱蒼とした原生林は、下から仰ぐと空に突き刺さっているように見える高い常緑針葉樹が大部分を占めているが、時折楢《なら》や欅《けやき》などの闊葉樹《かつようじゅ》も、その中に溺れるように三本五本と寄り集まって天を窄《すぼ》めている。吹雪すらも吹き抜けることがなく、途中で樹海の網のどこかに絡まってしまうのだろうか、地面上の積雪量は思ったより少なかった。

僕は幼い頃に遊んだけんけんけんの要領で、僕の歩幅よりも少し広く深い足跡に、自分の足跡を重ねるようにして前へ進んだ。別に二人の足跡を重ねて一人のものに見せかけるというミステリーのトリックではない。雪国の人間ならば、この方が歩きやすいから自然にこうする。

そして次の瞬間、前方に続くその足跡が急に大きく左に逸れ、樹海の中に入って行くのを見て、僕は再び愕《ぎょ》っとした。

昼なお仄《ほの》暗いこの樹海に、真冬のしかもこの大雪の中、入っていく人間とは一体——？

ひょっとしたら、自殺志願者？

あるいはもっと禍々《まがまが》しいもの、たとえば樹海の中に秘密のアジトを持つ、指名手配中の凶悪犯人？

僕は息を潜めながら、腰を屈めて樹海の中を覗き込んだ。

少なくても、すぐ近くに誰か人がいる気配はない。

もちろん今の僕には、この足跡を追って行くだけの義務も準備もない。だがこのまま知らぬ顔で通り過ぎるのも、少し気が咎める——。

困惑しながら林道の先の方を見渡した僕は、足跡が樹海に消えたその数十メートル先から、また同じ足跡が出てきて前方へと進んでいるのを発見して吻《ほ》っと胸を撫で下ろした。何のことはない、この見知らぬ冒険者は、ほんの気まぐれから樹海の中に足を踏み入れ、またすぐに引き返して来たものらしい。

こうして僕は、新たなる冒険の種をあっさりと見つけてしまった。それならば僕は樹海の中、彼よりも一歩でも一メートルでも奥まで、足を伸ばしてやろう——。

4

樹海に足を踏み入れるのは初めてではなかった。親や学校の教師たちは、危ないから絶対に入ってはいけないと口を酸っぱくして言っていたが、そんな言い付けを金科《きんか》玉条《ぎょくじょう》として守るほど僕は真面目な優等生ではない。なにしろ樹海には、かつて溶岩が樹木を巻き込んで、その後樹木だけが燃え朽ちて残った溶岩樹型の洞窟があちこちにあって、かくれんぼで隠れる場所には事欠かなかったし、秋にはどんぐりや椎《しい》の実を山ほど集めることもできたからだ。

だが真冬に入るのは、もちろん初めてである。

見知らぬ冒険者との戦いには、あっさりと決着がついた。樹海の中の足跡は、ほんの二〇メートルほどしかついていなかったからだ。冒険者は一本の大きなオオシラビソの手前であっさりとUターンして、斜めに林道の方へと引き返していた。

もっとも彼の気持ちは理解できなくもなかった。

昼なお仄暗い樹海の中の、むかつくほどの樹々の繁殖力は、白亜紀やジュラ紀の頃の世界を思わせ、コリント式の円柱の群れのようなその頂上では、始祖鳥か翼竜が、その膜のような原始的な翼を休めているのではないかとすら疑わせた。威厳を保ちつつ黙って並んでいるその円柱のたたずまいには、自分たちがこの天を支えているのだと言いたげな、一種の矜持《きょうじ》のようなものさえ感じられた。

肝腎の冒険者の正体についても、僕ははなはだ散文的な結論に落ち着きつつあった。彼は指名手配犯でも自殺志願者でもなく、恐らく森の監視員か何かで、行き倒れの浮浪者や何かおかしな跡がないかを見て回る、職業的に訓練された人間なのだろう。そう考えるといろんなことの説明がつく。そして樹海には少し足を踏み入れただけで、ここにはどんな奴も入りはしまいと思って引き返したのだろう——。

だが僕はその足跡を越えて、さらに樹海の奥へと進んだ。

足跡の主の正体がわかった時点で引き返すという選択肢もあったわけだが、すでに自分で自分を止めることができなくなっていた。足跡が途切れた先は、もはや地面は完璧に斑点《しみ》一つない純白のキャンバスだった。

目の前の樹の幹の陰から、急に何かが飛び出し、僕は衝《は》っとして立ち止まった。

だがそれは、愕くほど真っ赤な眼をした白兎だった。ひょっとして先ほど見たY字形の足跡の主だろうか。それからそれを追って、右手の杉の陰から耳の長いもう一匹が飛び出し、僕の目の前を元気いっぱい転がるように駆け抜けて行った。

空気がほんの少し動き、頭上の幹から粉雪が舞って来て、僕のダッフルコートの肩に、結晶の形のまま落ちてきた。水蒸気の拡散しようとする力と、結晶の芯にくっついて安定化しようとする力の鬩《せめ》ぎ合いによってできる、二つとして同じものはないその造形——。

ふと不思議な光景に気づいた。

そこは楢や欅などの闊葉樹が寄り集まって枝を広げている、樹海の中の彼等の数少ないテリトリーなのだが、やはり白一色のその一劃《いっかく》が、まるで奥歯が抜けた後のように、不自然に開いているのだ。ぼんやりとその上を見上げると、樹木の梢と梢が神経質そうに互い違いに伸びている上を、一面びっしりと雪や氷が覆っている。

いや上部だけではない。その左右もやはり同じように、雪と氷でまるで白い壁のように塗り固められている。それだけになお一層、その間の空間の奇妙な空虚さが気になるのだった。

ぽっかりと開いたその空間は、まるで場末の映画館や見世物小屋のみすぼらしい木戸口のようで、僕はこの空間を作った何者かから、その媚びるような入口を潜《くぐ》れ潜れと、無言の慫慂《しょうよう》を受けているような気分になった。

結局僕は、その門を潜ることを、自分自身に禁じることができなかった。

ゆっくりとその中に足を踏み入れた。

思いもよらない事態に直面した時に、人間が全く場違いなことを考えることがあるのは、精神の一種の自己防衛反応だと聞いたことがある。そうやって事態に直面するのをほんの少しだけ遅らせることによって、その間に何とか体勢を立て直そうとするというのだ。もしそれが正しいならば、僕が足を踏み入れると同時に一瞬思わず目を閉じたのは、思うに逸《はや》る空想を無意識のうちに鎮《しず》め、的確にそして冷静に、〈見る〉ための準備を行ったものだったのかも知れない。

何故ならそれは、いまだかつて世界で恐らく誰も見たことがないだろう光景、そして僕自身も一生のうちに再び見ることは、まずないだろうと断言できるような光景だったからだ。

全体は黯《くら》い紫色をしていた。行く手を阻むように、白い壁のようなものが聳えていた。

光は上の方からのみ齎《もた》らされていた。そしてただひたすら息苦しかった。

それが何であるかを理解するには、なおもしばらくの時間が必要だった。

四方をぐるりと取り囲む白い壁が、どうやら樹の幹と雪と氷だけで構成されていることに気が付いたとき、僕の不思議に思う気持ちは、一瞬にして自然の驚異への賛嘆の溜め息へと変わった。

それは自然の造り上げた、広さ八畳ほどの、神秘の空間だったのだ。楢の触手のような枝が梁《はり》と桁《けた》を組み、絡み合うほどに成長した梢が垂木《たるき》をなし、樹海の中の偏頗《へんぱ》な日光照射によって、見当違いの方向に伸びた欅の細かい枝が、肘木《ひじき》や斗《ます》を作っていた。大建築物の精巧な模型のように、縦横無尽に組み合わされたそんな枝や梢の骨組みの間を、オホーツクやシベリアから吹き降ろして来た季節風に含まれた重たい水蒸気の結晶が、まるで熟練した左官の作業跡のように、綺麗に塗り固めている——。

そう、これは自然の作った、巨大なかまくらであった。

全てが雪ではなく、樹氷——過冷却状態にある水蒸気が、樹木の枝に触れてそのまま凍りついたもの——もそこには混じっているのだろう。僕がさっき潜った木戸口のような小さな門と、頭上に丸く窄《すぼ》まっている暗灰色の空だけが、この空間と外界とを繋ぐ細い通路だったが、その空は望遠鏡を逆さからのぞいたかのように、どこまでも遠く小さく見えた。

息苦しさはさらに増していた。呼吸はしているのだが、肺の中にうまく酸素が入って行かない、そんな感じだった。

僕は氷雪の中に幽閉された囚人だ——。

それは妙に現実感のある空想だった。やがて四方の白銀の壁の中に鋭角と鈍角の角が立ち現れ、この空間が囚人を押しつぶそうと次第に狭まって来るのではないか——

幼い頃に読んだ物語の影響か、そんな突拍子もないことまで考えた。

あいかわらず息苦しかった。

しかしその息苦しさの原因は、もはや驚きではなく、閉ざされた空間の与える圧迫感でもなかった。それは何と言うか、うまく説明できるかどうか自信はないのだが、悔しさに近いものだった。誰も知らないこんな場所に、自然という大芸術家がひっそりと創りあげた見事な作品、僕が今日ここに偶然迷い込むことがなかったならば、誰も見ることはなかったであろうこの完璧な作品を前にして、僕はちっぽけな一人の人間として、どうしようもない息苦しさを感じていたのだ。

息を思い切り大きく吸い込むと、今度は冷たい空気が急に肺の中に流れ込んで来て、僕は少し噎《む》せた。

そしてその瞬間、まったくの唐突に、ある一つのイメージが浮かび上がって来た。

それは、透き通るほど美しく磨かれた、一個のワイングラスのイメージだった。自らの裡《うち》に固有の〈共鳴〉を内包し、その音程を受ければびりびりと震え、砕け散るワイングラス——より正確に言えば、この時僕の脳裏に浮かんだのは、シャンパンのあの繊細な泡を、美しく立ち騰らせるために作られた、細長いフリュートグラスだった。

僕はふと手にしているヴァイオリン・ケースを見た。

ある企みがふと頭の中に浮かんだ。

そしてそれは、極めて自然なことのように、ただちに実行に移された。

僕はケースを開け、彼女を取り出した。彼女は生まれて初めて経験する寒さに、打ち震えていた。空のケースを雪の上にそっと置くと、ケースの内側に敷きつめてある緑色のフェルトが雪に映えて、仄暗い中にも目を射った。

僕は彼女のほっそりとした首を両手で愛撫し、その豊かな下半身を、鎖骨と顎の間にしっかりと挟み込んだ。その括《くび》れた肢体を目で愛でながら弓を張ると、八畳あまりの空間の真ん中に進み出た。僕の企み、それはこの奇跡の小空間を僕一人だけのためのコンサート・ホールとして、ヴァイオリンを弾くことだった。

さて、何を弾こう？

愚問だった。何でもいい、お前の弾けるだけのレパートリーを弾け。この空間はそう命じていた。小難しいことは考えるな。何でもいいから弾けるだけ弾き続けろ——。

僕は弦の上で弓を弾ませながら、十六分休符を間に挟んでスタッカートでDの音を

二回弾き、それから弓一杯を使いながら再びDの音を弾き下ろした。弓を戻しながらト長調の音階を奏で、それからヴァイオリンの表面を削り取るかのような勢いでもう一度Dを弾く。

僕が弾いているのは、ブラームスのト長調ソナタの第三楽章、俗に『雨の歌』と呼ばれる曲だ。さっきまでかじかんでいた筈の指が、芯に鉄の棒でも埋め込まれたかのように火照り、普段でもめったに上手く行かない激しい運指に耐えた。

ヴァイオリンの名曲はこのト長調、あるいはニ長調が多い。既に述べたようにヴァイオリンの一番太い弦はG(ト)音に、二番目に太い弦はD(ニ)音に調弦されているため、これらの音を基音として純正律的に音階を作って行ったときに、ヴァイオリンという楽器は最も良く響くのだ。一般に四大ヴァイオリン協奏曲と称されるベートーヴェン、ブラームス、メンデルスゾーン、チャイコフスキーの各ヴァイオリン協奏曲のうち、実にベートーヴェン、ブラームス、チャイコフスキーの三曲までがニ長調で、残るメンデルスゾーンの協奏曲はホ短調(ト長調の平行調)で書かれているのは、もちろん偶然などではない。

西洋音楽の天才の中には、その逆をやった者もいる。ヴェルディのオペラなどを聴くと、それまでは弦楽器に思う存分美しい旋律を奏でさせておいて、アリアやカヴァレッタなど、じっくりと人の声を聴かせたい部分に差し掛かると、わざと変ニ長調や変イ長調などのフラットが多くつく調に転調して、弦楽器に極力開放弦を弾かせないように仕向けているのがわかる。弦の音色がくすむことによって、逆説的に歌手の声が引き立つというわけだ。

経過句を過ぎ、ニ短調に変わっての副主題を弾きながら、僕は写真に撮ったかのように鮮明に頭の中に焼きついているこの曲の楽譜の、**Allegro molto Moderato** の大文字のAの字が、印刷不鮮明だったことなどを憶い出していた。ラミソと上行しては下降し、また上行を志しながらなかなか心情を吐露しない、ブラームス特有の優美だがどこかもどかしげなこの旋律は、幼い僕にヴァイオリンを慫慂《しょうよう》した張本人の一人であると同時に、何度も僕を打ちのめした仇敵だ。子供用の小さいヴァイオリンを買って来た僕は、独習用の教本で見よう見まねに調弦し、開放弦の一本がDの音であることを知ると、もうその次の瞬間には、この曲の冒頭を、正しいリズムで刻みながら弾こうと躍起になっていた。音楽に対する憧れだけは馬鹿のように強かった子供は、まだたった一つの音しか出せないのに、せめて一小節でも弾けるようになりたかったのだ。もっとも恥ずかしいことに、これが開放弦のDではなくオクターブ上のD音だということにも気づいていなかったのだが――。

それから先生にも隠れて一人でこの曲を練習していたが、一度だけ人前で弾いたことがある。中学二年の秋、いつもヘアバンドをしている同級の女の子に、放課後の音楽室で初めてピアノの伴奏をつけてもらったのだ。女の子はすごく張り切っていて、譜面もちゃんと見て来てくれたし、初めてとは思えないほど呼吸も合った。

そしてその数日後の放課後、今度は彼女の方から何か悪戯でも仕掛けるような顔で近づいて来てこう言った。

「ねえ、文化祭の音楽会に出演しない？」

「えっ？」

「実はさっき、内緒で申込みもして来たの」

すごく張り切っている彼女を見ると、それに水を差すのは気が引けた――などというのは気障《きざ》な言い方で、本当のところは、僕がヴァイオリンなんか習いはじめたことは、それまでほとんど誰にも言っていなかったので、ひとつクラスメイトたちを愕かせてやれという、幼稚な虚栄心が働いたことも事実だ。とにかく僕等は出ることになった。

ところが当日は、まるで勝手が違っていた。舞台裏では、次の出番のブラスバンド部の連中が勝手に音を出していたし、ブラスバンドの楽器や椅子が既に設置されていた関係でピアノはステージの下に置かれていて、僕等は二人とも、ほとんど相手の音が聞こえない状態で演奏する羽目になった。

結局ピアノとヴァイオリンのテンポがまるで合わない惨憺《さんたん》たる演奏を残して、僕等は舞台裏で、ブラスバンドのけたたましい祝典序曲が、また成仏できずに講堂の中をさまよっているようなズタズタのブラームスを追い払ってくれるのを茫然と聞いていた。女の子は青いヘアバンドを見せて泣いていた。国語の先生が頼んでもいないのに演奏を録音してくれていて、そのテープを後日くれた。それを聞くと、ユニゾンで奏される箇所でさえ、二人の十六分音符の長さがまるで違っていた。その女の子はその翌年に転校して行って、今どこに住んでいるのかもわからない。

展開部が終わるとピアノに主旋律が移り、ヴァイオリンは伴奏になる。僕は即興で音階を上下し、それから g-moll のスケールに、そして下属調の c-moll のスケールに変えた。

弓を持ち直し、僕はゆっくりとCのオクターブを弾いた。上昇音型を弾いた後、人指し指を伸ばし、逆に中指はぐっと折り曲げて、二本の弦を同時に押さえる。弓をその上に均等に載せて、重みをかけながら横へと辷らせる。CとＥｓの二重音がきれい

に出た。

だが安心している暇はない。G音とD音、D音とF音と、二重音ばかりがそれから蜿蜒と続いて行く。

これはパガニーニの『24の奇想曲集《カプリッチ》』第四番ハ短調、こんな曲を勝手に練習していることが知れたら、僕はK先生に釜茹でにされることだろう。だがいくらやっても二重音が上手くできなかった僕が、その技法に関してだけは、ある時期格段の進歩を見せたのは、この曲を一人勝手に弾きまくっていたからである。

この曲は超絶技巧揃いの『奇想曲集《カプリッチ》』の中では、一番ゆったりとしたテンポの曲で、だからこそ何とかチャレンジしてみようという気にもなったわけだが、なにしろ手首から中指までの長さが、肘から手首までとほぼ同じだったという伝説まである化け物が作った曲である。どんなに練習しようと僕の指では絶対に弾けないフレーズがあるのは致し方ない。三重音が登場する。ヴァイオリンの指板はゆるやかな凸型に彎曲しているから、一本の弓で三本の弦を同時に弾くことは物理的に不可能で、まず低いG線あるいはD線を弾き下ろし、その音が鳴っているうちに他の弦で二重音を弾いて、響きの上で三重音にするわけだが、僕の場合は最初の音が大分減衰してからの、聞こえるか聞こえないかのぎりぎりの三重音である。三十二分音符の早いパッセージは、テンポを落とす。

もちろん運指ばかりに気をとられていると、右手のボウイングが雑になる。曲の中間部、楽譜の指示通りに元弓を弦に叩きつけるようにして弾きながら、つい勢い余って右手の腹が楽器を擦ってしまう。運指の最中で空いている指をときどき開放弦にひっかけ、余計な雑音を立ててしまう。左手の指は尺取虫《しやくとりむし》のようにのろのろとしか動かないが、それでも次に押さえるべきところはちゃんと憶えている。名手が弾けば五分足らずのこの曲を、僕は倍以上の時間をかけてのろのろとコーダに到達した——。

コーダに入る直前のフェルマータで、僕は即興フラジョレットを試みた。これはパガニーニが得意中の得意としていたテクニックで、弦を指板に押しつけず、軽くふれることで弦を分割振動させて、普通の弾き方では出せない高い倍音を出すものだ。たとえば人指し指でシの音を押さえ、ミの音となるべき点を薬指で軽く触れて弾き下ろすと、実際には二オクターブ上のシの音が鳴り、耳を澄ますとさらに沢山の倍音が響いて来る。パガニーニが十八番《おはこ》にしていた筈のこの技法が、この『奇想曲集《カプリッチ》』の中では一度も使われていないことを、僕は夙《つと》に不満に思っていたのだ。

E線の、ネックから弦長1/3くらいの点に軽く触れ、ゆっくりとダウンのボウイングで弾き下ろす。

機嫌の悪い野良猫の叫び声のような奇妙な音が出た。パガニーニがもし聴いたら草葉の蔭でさぞかし気分を害するだろうが、雪の中に閉じ込められた自称ヴィルトゥオーソは、その音に一人勝手に満足して、二曲目の演奏を終えた。

ドヴォルザークの『ロマンティックな小品』第一番変ロ長調、この曲が今日の僕のメイン曲、それはこの曲ならば、それこそ目を瞑っても弾けるからだ。

楽譜面が平易で、オクターブを多用した曲だが、その演奏効果はすばらしい。初めてこの曲を聴いたのはヴァイオリンではなく、チェロの演奏会でだった。日本人の女流チェリストが、チェロ用に編曲されたヴァージョンを弾いたのだが、僕が座っていた二階の一番後ろの学生席からは、楽器を操っているようには何故か見えず、小柄なチェリストが巨大な甲虫の首根っこを摑まえて、その腹をナイフで切り裂いているような、そしてその腹の中から、内臓の代わりにこの美しい旋律が絞り出されて来るような、そんな奇妙な幻覚を憶えたものだった。

一つの楽器に習熟するということは、その楽器を自分の身体の構造の一部として組み込んでしまうことに他ならない。ピアニストは演奏するとき、あの巨大なグランドピアノを自分の身体の延長として、それも普段自分がその動きを意識することのない内臓などよりも、はるかに身近な一器官として感じている筈である。同様に名人と言われるようなヴァイオリニストは演奏する時、指板の端から端まで、また元弓から先弓までの全てが、まるで自分の両手の先端から直接生えているかのような、そんな感覚にまで到達している筈である。

そしてある曲を暗譜で完璧に演奏できるようになるということは、楽譜と楽器とそれとほぼ一体化した自分の身体という三位一体の間に、完全なる関係性の網の目を張り巡らせるのに成功したということである。それはある意味純粋に物理的な現象であり、もしも大脳生理学者だったら、〈小脳の中のプルキンエ細胞の受容体のいくつかをリン酸化することによって、そこに回路を作ることに成功した〉とでも表現することだろう。同じ動きを何度も何度も繰り返すことによって、脳内の伝達物質が決まった受容体にだけ働くようになる。神経細胞が太くなり、電気信号はその箇所をジャンプするように超高速で進むようになり、運動選手ならばいつも決まったフォームを、楽器の演奏者ならば決まった指の動きを、ほとんど意識することなく取れるようになる。一晩のリサイタルで、楽譜を一切見ずに大曲を何曲も演奏するヴィルトゥオーソを見て、演奏の良し悪しはそっちのけでその記憶力に感嘆する人がたまにいるが、実は演奏家は頭で記憶しているわけではないのだ。血の滲むような反復訓練の結果、身につけたその関係性の網の目を、一曲ごとに取り替えているだけなのだ。ちょうど我々が曜日によって、自分の周囲の人間関係の網の目を、そっくり入れ替えるように――。

そしていったんその関係性の網の目を張り巡らせることに成功すると、次の音や指の動き、演奏テクニックのことなどを変に意識しない方が、上手く弾けるようになる。完璧な演奏をしたピアニストに、それでは今の曲を今度は片手ずつ弾けと命令すると、ミスタッチをしたり、ひどい時には次の音をど忘れして弾けなくなってしまうことがあるのは、その回路が両手を同時に動かすという形でリン酸化されているためだと思われる。だからソリストが楽譜を持たないのは、何も暗譜していますよということを聴衆に誇示するためではなく、このレベルに達すると、目の前に楽譜があることが、むしろ演奏の妨げになるからなのだ。

そして俗に言う〈名演奏〉なるものが生まれるのは、完璧な技倆の持ち主の指が、そんな風に弾き込んだ曲を勝手に弾き続けている時に、曲の持つエッセンスが凝縮されたような何らかのイメージが、演奏者の心の中におのずから浮かんで来る時なのではないだろうか――と僕は僕なりに、そんな風に考えている。

そのイメージは必ずしも音楽的なものではなく、一つの映像でも思想でもいいのだと思うが、とにかくそのイメージに演奏者の心が全的に没入していることが必須条件で、そのイメージこそが、あたかも胚胎《はいたい》した卵から生命が誕生する瞬間のように、曲の頭から尻尾までの全体像を一気に有機的なものにし、単なる楽譜に記された音符の羅列の再現ではない、現在創造されつつあるものに、巧まずして変えるのである。

一方たとえ指は完璧に動いていても、「ここはマルカートに」とか、「ポルタメントをかけすぎないように」などと、細心の注意を払いながら演奏した時は、〈上手な〉演奏は生まれるが、恐らく名演が生まれることはない。僕がある日、いつものように不本意に終わったレッスンの後で、まだ次の生徒が来ないので、楽器をケースに仕舞う前に、やけくそ気味にこのドヴォルザークの小品を弾きはじめた時、ごくごく自然に、湖の底に沈んでいる何か美しいものを、巨大なスプーンで懸命に掬《すく》い取っているというイメージが浮かんで来たのだった。そして弾き続けながら僕は、他のことは一切何も考えず――というか考えられず――先生がすぐ横にいることすら忘れて、いや実を言うとそこが教室であることとすら忘れて、ロシアあたりの広大な湖の湖畔に立っている自分が、ただただその巨大なスプーンで懸命に湖底を掬い取ろうとしている姿だけを思い浮かべていたのだが、いざ曲を弾き終わるや否や、その日のレッスン中、ずっと地獄の判官のように見えたK先生が、愕いたような顔をして誉めてくれたのだ。目一杯全弓を使い、楽器が指板ごと軋むような乱暴な弓使いで弾いた筈だったのに、誉めてくれたのだ。ところが「もう一度弾いてごらん」と言われて緊張した僕は、インテンポを守り、ボウイングを楽譜の指示に合わせ、ヴィブラートも控え目にきちんと演奏したところ、先生はただ一言、「今度は課題の曲もちゃんと見てくるように」と言っただけで、その二つの演奏の違いもわからず、全てを先生の気まぐれのせいにした僕は、あるいはあの日、音楽に開眼する重大なチャンスをむざむざと逃してしまったのかも知れなかった。あくまでも自然に浮かんで来るイメージでなくてはならないらしく、後日意識的にその時と同じイメージを憶い浮かべながら弾いてみても駄目で、確かにあの日あの時、一度は掬い取った筈の美しいものの記憶だけは、その後も記憶の中に纏綿《てんめん》し続けたにもかかわらず……。

ところがいま僕の脳裏には、全くの自然のうちに、ある一つのイメージが生まれつつあった。僕は巨大で透明な一個のワイングラスの底に立っている。あたかも蟻地獄の巣に落ちたような恰好で、一人ヴァイオリンを弾いている。そして弓を強く弾き下ろすたび、周囲に聳え立つ透明な玻璃《はり》の中に、陶磁器の貫入《かんにゅう》のような、目に見えないほどの小さな亀裂が生まれて行く――。

この上なく美しく磨かれた硝子《ガラス》は、わずか一棹《さお》のヴァイオリンの響きに共鳴してびりびりと震え、その震えが収まらないうちに、また次の共鳴を受けて震動をはじめる。やがて震動は増幅に増幅を繰り返し、玻璃《はり》全体がカタカタと音を立てはじめる。やがて美しい玻璃の側面には大きな罅《ひび》が入り、そして臨界点を越えたところから次々と、鏘然《しょうぜん》たる音を立てながら崩れて行く。そして完全に崩れて廃墟と化したガラスの破片の山の上で、僕はたった一人、何事もなかったかのようにヴァイオリンを弾き続けている！

もしこのイメージが本物なら、あるいは僕は今、他に誰もいないこの雪の洞《ほら》の中で、生まれて二度目のまともな演奏を奏でているのかも知れない。愛する二人の顔のように向かい合った二つのf字孔から、一体どんな共鳴音が飛び出しているのか――完全五度に寸分の違いもなく調弦された四本の弦が、僕の指と指板の間で挟まれて、どんな旋律を生み出しているのか――それは自分の耳にはほとんど聞こえなかった。ただキリキリと軋む糸巻き《ペグ》と、楽器に楔《くさび》のように打ち込まれた駒が、ものすごい力で綱引きをしているところに、松脂を塗った弓を擦りつけ叩きつけ、共鳴を作り出しているという実感だけがあった。松や楓の木を削り出して箱の形に整形し、中に木の棒を立てて動物のコラーゲンである膠《にかわ》で接着し、羊の腸を縫って作った弦を張ったものに、束ねた馬の尻尾を擦りつけて音を出す。この楽器の材料に、人間が自らの手で作り出したものなど何一つない。全ては自然が、地球が与えてくれたものであり、人間はただそれを組み立てただけだ。言い換えれば、僕はいま地球を弾いているのだ。

僕は四本の弦の震えを全身に感じ、それが自分の体内で蠕動《ぜんどう》する腸や内臓と、直に繋がっているという奇妙な確信を抱いた。再現部がやって来て、冒頭の旋律が反復される。両目を瞑り、唇を緊《きつ》く結び、両肩をボウイングと共に左右に大きく揺らし――恰好だけは一流のヴァイオリニストのような動きをしながら、僕はこの時、恥ずかしながら陶酔していたのだ。この素晴らしい音楽というものに。そしてそれを作り出した、世界というものに――。

僕はプロのヴァイオリニストには決してなれないことだろう。期待してくれている親戚の小母さんもいるが、自分の才能は自分が一番良く知っている。僕は音楽に関しては、演奏で人を感動させる側には、逆立ちしてもなれないだろう。ヴィオラに転向する？　思い上がりも甚だしい。ヴィオラを専門にやっている人に失礼なだけだろう。

だがそれが何だと言うのだ？　たった今、ＳＵＺＵＫＩの３００番という安ヴァイオリンは、間違いなく僕の身体の一部になっていた。ただそれだけで充分じゃないのか？

いつの間にか曲は終わっていた。

緊《かた》く閉じていた目を薄く開けると、激しくボウイングを繰り返したためだろう、弓の毛が五、六本付け根から切れ、悪ガキどもに壊された蜘蛛の巣のように、弓の先端からだらりとぶら下がっているのが見えた。実際の演奏の出来映えは知らない。だが僕の身体は、弾き切ったという快い充実感に包まれていた。誰も聴く人がいない、雪に鎖された森の中で弾き切れたということも、皮肉とは感じなかった。

何かが変わったことを実感した。浄化、と言うのは大袈裟かも知れない。だが上達の止まっていたヴァイオリンも、いつの間にか苦しみに変わっていた音楽も、そして理想と焦燥の間で引き裂かれていた日々も、すべてが必要だったのだ——素直にそんな風に思うことができた。

そして僕は、ゆっくりと前を見据えた。

——

僕の前には、依然として雪の壁が、いささかの揺るぎも見せずに立ち塞がっていた。広大な砂漠が、十数年に一度の驟雨をまるごと吸い込んで、一滴の水も後に残さないように、僕が弾いた音符を一つ残らずその中に吸い尽くして、身じろぎもせずにそこに立っていた。

僕は大きく息を吸い込みながら、後ろを振り返った。

そして思わず、手からヴァイオリンを落としそうになった。

周囲の壁を形作っていた多くの枝が、今まさに雪の重い衣装を脱ぎ捨てつつあった。垂木をなしていた枝から雪が滑り落ち、錘《おも》りから解放された梢や枝は反動で跳ね返ってその上の横枝にぶつかり、その枝の雪と氷の均衡を一瞬にして崩壊させた。そしてそれがまるで原子炉内の核分裂のような連鎖反応を、下から上へと幹に沿って走らせた。

雪崩のような一瞬の造形の後に、僕の潜って来た小さな門は、堆《うずたか》く積まれた雪によって、塞がれていた。

初出・解題

ストラディヴァリウスを上手に盗む方法

書き下ろし

ワグネリアン三部作

初出

「或るワグネリアンの恋」『ワーグナーシュンポシオン／2013』日本ワーグナー協会編　東海大学出版部　二〇一三年

「或るワグネリエンヌの蹉跌」『ワーグナーシュンポシオン／2015』　同二〇一五年

「或るワグネリアンの栄光」『ワーグナーシュンポシオン／2016』　同二〇一六年

日本ワーグナー協会が年に一回編纂している研究誌に、一年一作のペースで連載したもの。本来は音楽研究家による論文やワーグナー文献に関する書評、その年国内外で上演されたワーグナーの舞台に関する批評などで構成される、極めて学術的で真面目な本であり、小説が掲載されること自体が初めてということだった。二〇一〇年の『ジークフリートの剣《つるぎ》』（講談社文庫）の上梓後、講演をさせて頂いたりして同会には大変お世話になっているのだが、うっかり原稿を依頼したらとんでもないものを書かれたと、編集委員の肩身が狭くなっていないか心配である。

一作目の「或るワグネリアンの恋」の本誌掲載時のタイトルは「或る華格納愛好家《ワグネリアン》の戀」で、タイトルのみならず本文も、拙作『花窗玻璃　天使たちの殺意』（河出文庫）や『人間の尊厳と八〇〇メートル』（創元推理文庫）内の「北欧二題」などと同じように、カタカナを一切使わない文体で書かれていた。今回の単行本収録にあたって、読みやすいように表記を平易に直したが、読みたいという声がもし多数あれば、元のヴァージョンをＷＥＢなどで公開することも考えている。

この三部作は発表媒体のこともあり、必然的にマニアックな作品群となったが、作者の意図は断じて楽屋落ちではない。ちなみに三作目の「或るワグネリアンの栄光」には連載時、最後のページの後に次の但し書きが付けられていた。

【自作解題】（本文を読み終わった後にお読みください）

ミステリーには、犯人を当てる昔ながらの〈フーダニット〉や、不可能と思われる犯行手段を推理する〈ハウダニット〉、意外な犯行動機を当てる〈ホワイダニット〉等々がありますが、それらと並んで、被害者を当てたり探偵役を当てたりする〈意外な〇〇〇〉というカテゴリーが（作例は少ないですが）存在します。今回試みたのは〈意外な語り手〉――もちろん三宅先生本人には、事前にプロットを話して快諾（？）を頂いています。

なお三宅幸夫先生は、本書の親本が発売された三ヶ月後の二〇一七年八月に、七十一歳で逝去された。生前の三宅氏は謙虚で温厚で、こんな冗談も笑って許して下さる度量の大きい方だった。謹んで哀悼の意を表します。

レゾナンス

初出『三田文学』第66巻第9号　一九八七年四月

私の正真正銘の処女作である。

この作品を書いたのは今から実に三〇年以上前、まだ三田の仏文科の大学院生だった頃である。

当時は『三田文学』が復刊されたばかりで、私は編集の手伝いをする学生を募集しているという甘言（?）に誘われて編集部に遊びに行った。結局何の戦力にもならなかったが、当時の編集長である高橋昌男氏の、創作をしたい人はどんどん書いて持って来てという言葉を真に受けて、書いて持っていたところ掲載された。

今の私ならば、この現象（共鳴・共振）を使ってミステリーのトリックにするところだが（事実その後、某人気作家の人気シリーズの中で、メイントリックとして使われた）、純文学志向が強かった当時の私が書いたのは、この奇妙な短篇であった。

いま読み返すと、息の詰まるような作品だが、逆に今はもうこういうのは書けないと思い、語句の修正や若干の加筆以外、構成はほぼそのままである。

解説　或るミステリー作家の通い路

松平あかね

こんな人がいたら、ぜひ一度お目にかかりたい！　驚異的に耳が良く、ヴァイオリニストとして通用する才能があるのに、世界中をフラフラしているイケメン。さらりとした性格だが人の懐にすっと入り込んで、いつのまにかディープな付き合いをしている。神泉寺瞬一郎のことである。天才肌の芸術家の中には、意外とそのようなタイプはいるものだ。

これまで芸術探偵として、数々の難事件を解決してきた瞬一郎が、「ストラディヴァリウスを上手に盗む方法」で再び、鋭い嗅覚を利かせている。彼はかつて、あのバイロイト祝祭劇場のピットにピンチヒッターで入るという離れ業《わざ》をやってのけたが、その際ヴァイオリンの師匠から貸与されたのが、銘器グァルネリ・デル・ジェズだった。本作には瞬一郎がストラディヴァリウス〈エッサイ〉を試奏し、デル・ジェズと甲乙つけがたいその音色に感動する場面がある。エッサイの醸《かも》すアウラについては、ある人物も微に入り細に入り語っているが、楽器には、じかに触れた人間にしか分からない重みがたしかにある。著者はこのように、きわめて個人的な感覚を言語化する名手である。読者は「レゾナンス」の中に、その美しい原点を見出すことができるだろう。なお作中の蘊蓄《うんちく》は全て正確な内容なので安心して読んでいただけるが、一つだけ注意がある。ストラディヴァリウス〈エッサイ〉は実在しない！　この楽器にまつわる設定も、著者の創作である。

さて、本作のストラディヴァリウス盗難事件の背景には、現在の音楽事情が深く関わっている。世にはありとあらゆるエンターテインメントが溢れ、クラシック音楽界を長らく支えてきた客層には、高齢化の波が押し寄せている。そんな時代に音楽で生きてゆくには、かなりの覚悟が要るのだ。芸術家を保護する大貴族もいなければ、身分と生活を保障してくれるような、国家の手厚い援助もないのだから。作中人物の「そんなに芸術の裾野が広かったら、この国はこんな文化軽視国にはなっていない」という言葉は重い。

それでも著者は、音楽の奥深さを感じ取るコツを随所に散りばめ、「芸術の裾野」を広げるべく種まきをしているのだ。「不協和音が続いたあとにふと単純な和音が鳴ると、それだけでとても美しく感じられる。／たまに聴く分には、現代曲もなかなか良いものだなと海埜は思った」がまた傑作ではないか。普段音楽を聴きつけない人が直観だけを頼りに、鋭く本質を捉えている。これには唸った。

さて、本編収録の「ワグネリアン三部作」にも触れておきたい。「ワグネリアン」とは19世紀ドイツの作曲家リヒャルト・ワーグナーの熱狂的なファンを指す言葉である。バイエルン国王ルートヴィヒ二世の傾倒ぶりはつとに知られているが、たしかに彼の作品には人を夢中にさせるだけの強度がある。世界中にワーグナー協会がある中で、日本ワーグナー協会も研究者や愛好家を擁《よう》する団体として精力的に活動を続けている。日本ワーグナー協会編の年刊「ワーグナーシュンポシオン」では、論文や批評、書評などを掲載しているが、愉しみと知識向上を兼備した、上質な「読み物」が待望されていた。私は同誌の編集委員として末席を汚しているのをこれ幸いと、編集会議のある時、意を決して言った。「深水黎一郎さんに小説を書き下ろしていただきませんか」と。同誌に小説が掲載されたことはそれまで一度もなかったが、バイロイト音楽祭に日本人ヘルデン・テノールが大抜擢される『ジークフリートの剣』がすでに評判になっていたので、話は早かった。こうして、世にもディープな三部作が送り出されることになったのである。

「或るワグネリアンの恋」では、自分の彼女をワグネリエンヌに仕立てようと奮闘する男性、「或るワグネリエンヌの蹉跌《さてつ》」では、ワーグナー好きをこじらせた女子の生態が描かれている。はたから見ると滑稽だが、世の中の「○○マニア」と呼ばれる人たちなら、彼らの思考回路は容易に理解できるはずだ。

また、女性読者の中には、溜飲《りゅういん》が下がった方もおられるだろう。「自分が究めようとしている分野で、自分よりも通じている女性を前にすると、本能的にその女性を忌避し敬遠しようとする」男性たちに、著者が鉄槌《てっつい》を下しているのが、なんとも痛快である。

「或るワグネリアンの栄光」は、実在の深夜番組を彷彿させるクイズ仕立てである。出題内容はかなりハード。白眉は「トリスタン和音」についての問題であろう。主人公が語る「学者や演奏家の中には、これをトリスタン和音に含めない人もいる。たとえば新国立劇場の現在のオペラ芸術監督であるI氏なんかがそうだ」「水平に使われたトリスタン和音」は、2015年の日本ワーグナー協会例会で、不世出の音楽学者、故・三宅幸夫先生が実際にお話しされた内容に基づいている。その講演には私も立ち会っていたが、その日、深水氏が何食わぬ顔で聴講していたのを目撃している。

それにしても作家というのは、油断も隙もあったものではない。しばらく後に「ワーグナーシュンポシオン」編集委員宛に届いた原稿を読み、私は絶句した。著者は完全に一線を越えてしまった。まさか、そうくるとは。

（音楽評論家）

解説　知られざる逸品に出会えた幸運

廣澤吉泰

深水黎一郎は、二〇〇七年に現在は河出文庫に所収の『最後のトリック』を第三十六回メフィスト賞に投じてデビューを果たした（初刊時の題名は『ウルチモ・トルッコ』）。その後、刊行される作品は「このミステリーがすごい！」（宝島社）等のランキングを賑わし、二〇一一年には「人間の尊厳と八〇〇メートル」で第六十四回日本推理作家協会賞（短編部門）を受賞している。

そうした華やかな深水の作品群の中にあって本書『最高の盗難』（初刊時の題名は『ストラディヴァリウスを上手に盗む方法』）は、目立たない存在であった。二〇一七年、河出書房新社から単行本が刊行されたが、「このミス」「本格ミステリ・ベスト10」（原書房）をはじめとするランキングには全く登場していない（「本ミス」では得票が未集計になる不運もあったのだが）。また、収録作が、アンソロジーに採用されたこともない（二〇二〇年二月現在）。

しからば、本書は凡庸な作品を集めたものなのか？

否、断じて否。

その点を本書がランクインできなかった背景等を推察しながら、解説していきたい。

「このミス」などのランキング誌では、投票者は対象期間に刊行された本の中から、五～六作（場合によっては十作）を選んで回答する。そうした絞り込みの過程では、作品の評価は「減点法」になる。つまり「この本にはこうした残念な部分があるので、申し訳ないが落とそう」といった思考になるのだ（これは自分自身の投票時の経験から導き出した推測なのだが、あながち大きく外れてはいないと思う）。

そうした「減点法」に対しては、本書の顔ぶれは極めて不利に働くのである。

「ストラディヴァリウスを上手に盗む方法」は、シリーズキャラクターが活躍する本格ミステリー。「ワグネリアン三部作」は、音楽趣味が横溢《おういつ》したユーモラスな連作短編。そして、「レゾナンス」は純文学の短編（深水黎一郎の実質的な処女作）。

このように本書の収録作品はジャンルやタイプがばらばらなのである。もちろん、全体を貫く「音楽」というテーマはあるわけだが、こと「ミステリー」の短編集として評価するとなると、統一感が乏しい（しかも非ミステリー作品もある）。こうした本は、アンケートの投票者に選ばない免罪符を与えてしまうのである。

本書がランキングに顔を出せなかったのは、そうしたハンディゆえという点はご理解いただけたかと思う。しかし、それでもなお「傑出した作品があれば、アンソロジーに採《と》られて目にする機会も出てくるはずだ」という疑念をお持ちの向きもあろう。その点は、個々の作品を解説したうえで分析してゆくことにしたい。

「ストラディヴァリウスを上手に盗む方法」は、コンサートの開演直前にヴァイオリンの名器・ストラディヴァリウスが消失した謎を核にしたミステリー。事件の発覚後、関係者は足止めされ、ホール内は警察の手によって徹底的に捜索されたがストラディヴァリウスは出てこない。この難事件に挑むのが「芸術探偵」神泉寺瞬一郎である。神泉寺瞬一郎は、日本画家や作曲家、作家、舞台演出家、デザイナーなどを輩出してきた神泉寺家の一員である。瞬一郎の初登場は、深水の第二長編である『エコール・ド・パリ殺人事件　レザルティスト・モウディ』（講談社文庫）。それ以来、伯父である海埜警部補とコンビを組んで、その才能・博識を活かして、芸術が絡んだ事件を解決してゆく（それゆえ「芸術探偵」の異名を持つ）。今回もその能力を存分に発揮して、ストラディヴァリウスのありかを突き止めるのだ。

「芸術探偵」シリーズは、作中の蘊蓄が楽しみでもあるのだが、本編でもヴァイオリンをはじめとして、クラシック音楽に関連した様々な知識が披露される。それらは読者の知識欲を満たしてくれるのだが（筆者は、ストラディヴァリウスが高額な理由が腑に落ちた）、名器の消失トリックを解き明かす伏線ともなっているのだ。

また、本編は、基本的には、探偵である神泉寺瞬一郎を中心に描かれているのだが、時々犯人側の視点も登場する。この切り替えが実に良い効果を上げているのである。

本編の眼目は「コロンブスの卵」的な、意外にして単純な消失トリックなのだが、その解明を神泉寺瞬一郎が行ったとしたら「犯人は、このようにストラディヴァリウスを隠したのでした」とさらりと終わってしまっただろう。今回のトリックは犯人側の視点で説明されるからこそ、その緊迫した手順（まさに上手に盗まないといけない）に読者も手に汗を握るのである。

蘊蓄に伏線を潜ませる技巧、トリックや探偵の推理の演出方法の確かさ、このあたりが深水黎一郎の心憎いところである。不可能犯罪物としてレベルの高い作品である。

「ワグネリアン三部作」は、ドイツの作曲家リヒャルト・ワーグナーに心酔する人々（ワグネリアン）を題材にした連作短編である。ワーグナー等に関しては松平あかねさんの解説に譲るとして、ここでは各編のミステリー的趣向について述べたい。

「或るワグネリアンの恋」は、ワグネリアンの青年・森山利和が恋人の坂本穂花を同じ趣味に染めようと奮闘する作品で、どんでん返しが効果的である。「或るワグネリエンヌの蹉跌」は、美人で成績優秀だが、ワーグナー好きが嵩《こう》じてずれまくっている女子大生・和久祢梨亜《わくねりあ》の就活奮闘記。そして「或るワグネリアンの栄光」は、ワグネリアンの「俺」がマニア向けのクイズ番組〈カルテッシモQ〉に出場して、というもの。森山利和や和久祢梨亜も登場して、三部作の締めくくりに相応しい作品である。

この三部作は日本ワーグナー協会編の「ワーグナーシュンポシオン」に発表されたのだが、一挙掲載ではなく、最初が二〇一三年版で、それから二〇一五年版、二〇一六年版に掲載されている。そう考えると「或るワグネリアンの栄光」は四年がかりで伏線を回収しているわけで、その緻密な構成力には唸らされる。

三編それぞれに面白いが、ミステリーとして評価するなら「或るワグネリアンの恋」となろうか。再読するとツイストの利いたラストに向けて、伏線が散りばめられていることに気づかされる（例えば、一二六頁の穂花の「鋭い指摘」などは結末を知った後に読むと、思わずニヤリとしてしまう）。

「レゾナンス」は、音楽と雪がモチーフとなった純文学作品。本編の主人公である、ヴァイオリンを愛する雪国の高校生〈僕〉は若き日の作者を想起させる（深水黎一郎は山形県の出身）。共鳴という現象を効果的に使った幕切れが印象的である。ちなみに、「初出・解題」で作者は共鳴が「某人気作家の人気シリーズの中で、メイントリックとして使われた」と述べているが、これは東野圭吾の「探偵ガリレオ」シリーズのことである（作品名はネタバラシとなるので言及しない）。それ以外にも海野十三や松本清張といったところも「共鳴」をトリックに用いた作品を物している。共鳴とは、それだけ作家の創作欲を掻き立てる題材と言えそうである。

ここまでのところで「ストラディヴァリウスを上手に盗む方法」や「ワグネリアン三部作」はミステリーとしてもレベルの高いものであることはご理解頂けたかと思う。では、何故これらの作品は選集に登場しなかったのだろうか。

「ストラディヴァリウスを上手に盗む方法」は、文庫本で百頁近い分量を占めている。これは一般的に「中編」小説と呼ばれている。選集を編む際には、基本的には「短編」（四百字詰め原稿用紙換算で百枚以内の作品）を採ることが原則とされる。そのため中編小説は、選集の作品選定の段階で分量的な理由で除外されてしまうのだ。「或るワグネリアンの恋」も、きれいにドンデン返しが決まった短編なのでピックアップされてもよさそうなものだが、こちらは構成がネックになってしまう。先に説明したように、本編は三部作を構成する作品のひとつである。そうした位置づけの作品を単独で収録しても本来の味わいは得られないし、三部作を全て収録となると、そこには分量の壁が立ちはだかるわけである。

「ストラディヴァリウスを上手に盗む方法」や「ワグネリアン三部作」が選集に採られることがなく、知る人ぞ知る作品となっていたのは、そうした事情によるわけだ。

ただし、本書の構成はランキングには不向きだというだけで、深水黎一郎という作家の魅力を味わいたい読者にとっては、これほど良い作品集はない。なにしろ、代表シリーズである「芸術探偵」物の中編と、音楽への深い愛情に満ちた連作短編、そして「作者の全てがそこにある」と言われる処女作が収録されているわけだから。ランキング等には登場しなかった知られざる逸品に出会えた幸運を味わって欲しい。

（ミステリー評論家）

＊　本書は二〇一七年五月に小社から単行本『ストラディヴァリウスを上手に盗む方法』として刊行された。

最高《さいこう》の盗難《とうなん》
音楽《おんがく》ミステリー集《しゅう》

二〇二〇年 五 月一〇日　初版印刷
二〇二〇年 五 月二〇日　初版発行

著　者　深水《ふかみ》黎一郎《れいいちろう》
発行者　小野寺優
発行所　株式会社河出書房新社
〒一五一－〇〇五一
東京都渋谷区千駄ヶ谷二－三二－二
電話〇三－三四〇四－八六一一（編集）
〇三－三四〇四－一二〇一（営業）
http://www.kawade.co.jp/

ロゴ・表紙デザイン　粟津潔
本文フォーマット　佐々木暁
本文組版　KAWADE DTP WORKS
印刷・製本　凸版印刷株式会社

Printed in Japan　ISBN978-4-309-41744-8